Enérgeia

CRISTINA PEÑA

Copyright © 2023 Cristina Peña Vaquerizo

Todos los derechos reservados.

Enérgeia

DEDICATORIA

Este libro está dedicado a todos los que luchan, incansablemente, por perseguir sus sueños. ¡A los que perseveran, a los que no se rinden! Y a los que trabajan constantemente, por descubrir y potenciar sus talentos. Pues, ¡todos! Sin excepción, tenemos una misión de vida que hemos venido a cumplir, en el tiempo que estemos en la Tierra.

Enérgeia

La palabra energía viene del griego ἐνέργεια (enérgeia) que significa fuerza o capacidad de acción.

CONTENIDO

	Agradecimientos	i
1	En conexión	1
2	Amor entre dos mundos	28
3	Cuando vuelvas a los sueños	38
4	¡Vive la vida, princesa!	52
5	Oscuro brillo	62
6	El pub de los recuerdos	72

AGRADECIMIENTOS

Gracias a mis padres, por darme una educación tan buena y por enseñarme que, en esta vida, las cosas se consiguen trabajando y perseverando mucho. A la vida, por enseñarme, a veces a las malas, a ser resiliente. Pero sobre todo, gracias a Felipe, que con todo su amor y toda su paciencia, me ha demostrado que cree en mí y ha sido un gran apoyo moral y técnico, pues su participación en la parte de edición y maquetación del libro ha hecho posible que hayamos conseguido juntos, hacer realidad este sueño de publicar un libro, que he perseguido desde que era una niña. Gracias, también, por ser un lector beta excelente y por acompañarme en este proceso creativo con su gran conocimiento informático y su gran amor.

1 EN CONEXIÓN

AMY

Comenzaba el cálido mes de junio, la época que más me gusta, el verano. Aquella noche hacía bastante calor. Por suerte, mi habitación era la más fresca de la casa y además daba a un parque que tenía bastantes árboles, con frondosas hojas que daban una sombra acogedora; aunque no solía ir mucho al parque. La verdad es que no salía mucho en general, pues mis padres trabajaban muchas horas al día, así que se encargaba mi abuela de mí, que siempre estaba en casa. Aunque en la época de verano disminuye bastante la faena, así que, por lo menos en esa época podía disfrutar de mis padres. Eran las nueve de la noche, la hora de la cena, mi madre no tardaría mucho en llegar, pero antes necesitaba averiguar algo que me tenía intrigada desde hace ya varios días.

En realidad mi madre piensa que estoy jugando tranquilamente en mi cuarto con las muñecas, pero la verdad es que no sé cómo decírselo, me resultan bastante aburridas porque no hacen nada, así que, bueno… tienen vestidos bonitos, las visto, las peino, les vuelvo a cambiar de traje y cuando ya me he cansado de vestirles, pues les arranco la

Enérgeia

cabeza a ver que tienen dentro, pero me suelo aburrir bastante con ellas; así que, creo que mi madre tiene razón, dice que soy una niña bastante inquieta, que siempre estoy de aquí para allá inventando cosas, historias, que ando siempre despistada, cómo en mi mundo. Y es cierto, me gusta bastante escribir aunque solo tengo cuatro años y estoy aprendiendo ahora la verdad es que es más divertido que jugar con las muñecas, nos enseñan a escribir bien las letras, a pintar y sinceramente, aunque mi madre me dice que mis dibujos son muy bonitos, pienso que no lo son, me falta mucho para que sean bonitos, pero bueno, todavía soy joven y sí, me gustan las historias, en realidad no presto mucha atención al profesor en clase porque me gusta sentarme en la última fila y observar a mis compañeros, creo que por eso no les caigo muy bien porque se sienten algo intimidados, pero a mí me encanta, es como sentarme en lo alto de mi pedestal e imaginar historias sobre ellos, me gusta observar los detalles, cómo van vestidos, lo que dicen, cómo piensan, me gusta inventar historias a partir de lo poco que conozco de ellos porque al fin y al cabo, solo estoy unas horas con ellos en la guardería, pero bueno, creo que en el fondo todos se sienten un poco perdidos como yo, creo que sienten que su mundo se está empezando a expandir y eso da un poco de vértigo, pero al salir al patio vamos todos juntos, creo que he hecho dos o tres buenas amigas y eso me ayuda a distraerme de bueno de una historia que no deja de intrigarme, sobre todo desde hace una semana.

Era una noche muy cálida, como la de hoy, y necesitaba abrir la ventana para que corriera el aire, la verdad es que tener un parque delante es una ventaja porque puedes correr la cortina y no te ve nadie y al ser un parque bastante nuevo que no tiene muchas farolas pues… Bueno, tiene un encanto especial que me tiene maravillada y es que se ven las estrellas. Se ven un montón de estrellas allí arriba y eso es lo que me tiene tan intrigada, me encanta pararme a mirarlas, sé que hay un misterio más allá de ellas que tengo que descubrir.

Es como si hubiera alguien al otro lado al que me siento conectada.

ERIC

Hacía bastante calor aquella noche y mis compañeros de habitación no paraban de molestar, me sentía bastante agobiado. Así que, mientras no me descubrieran, tenía un rincón secreto al que poder escapar de aquel lugar.

Era un orfanato bastante grande, con muchas habitaciones y muchos niños de mi edad y más mayores. Tan solo tenía cinco añitos, pero los mayores se metían bastante conmigo y con los de mi edad, así que solo tenía que abrir una pequeña puertecita que había detrás del escritorio. Daba a un pequeño pasadizo que estaba algo oscuro y la verdad es que daba algo de miedo, pero en aquel lugar tenía que ser fuerte, tenía que ser mayor. A tan solo unos pasos se podía vislumbrar la otra puerta que daba al exterior, tenía una manilla dorada, algo brillante, podía tocar las paredes y salir de allí a tientas, una vez fuera, correr dos metros por el césped sigilosamente, para que nadie me viera, y me escondía tras otro árbol, aunque la verdad es que no creo que en aquel sitio nadie me echara de menos, eso era de todo menos una familia. Una vez tras el árbol y tras cerciorarme de que no había peligro, me sentaba allí, apoyando la cabeza en el tronco y me quedaba dormido viendo las estrellas, me gustaba soñar que mi familia estaba al otro lado, podía sentir esa fuerte conexión.

AMY

Son las cuatro de la tarde, tengo que volver, estoy deseando que vengan a por mí. Cada día se me hace más largo estar aquí. Sé que tengo que ir al colegio para aprender mucho, pero tengo que resolver ese misterio que no me deja dormir desde hace una semana cuando empecé a sentir esa conexión, pero ahora llevo unos días sintiendo como una presencia en mi habitación, me da un poco de miedo, pero a la vez tengo curiosidad, necesito saber qué es.

ERIC

Son las cuatro, aquí estamos acabando de comer y la comida está asquerosa, pero no hay otra cosa, así que supongo que tendré que acostumbrarme… o escapar. Pero a dónde va un niño de cinco años, me siento perdido, no sé qué hacer.

AMY

¡Al fin!, por fin han venido a por mí, ¡estoy tan nerviosa!, ahora me van a dar la merienda al salir y bueno, hoy ha venido mi abuela, me llevará un rato al parque, pero voy a merendar pronto, quiero volver a casa.

ERIC

¡Menos mal!, por fin nos dejan salir, la hora de la comida se me hace eterna, es cómo estar en una cárcel, pero por lo menos tenemos un rato libre hasta la hora de la cena, hace un tiempo que no me gusta juntarme con mis compañeros, no tenemos una buena relación, creo que les caigo un poco mal y me persiguen, me insultan y a veces me pegan, no quiero estar con ellos, no quiero estar aquí más, creo que al final, tendré que tomar una decisión.

AMY

—¡Al fin en casa!

—¡Amy, pero quítate la chaqueta!

—Sí, abuela, ya me la quito, pero me voy a mi habitación!

Corro como nunca por el largo pasillo hasta mi habitación y tropiezo con la manga de la chaqueta a medio quitar, creo que mi abuela se ha dado cuenta de que pasa algo raro, pero bueno, es lo que tienen las abuelas que saben guardar bien los secretos, así que estoy tranquila, no le dirá nada a mi madre. Sin decir nada, entro en la habitación, cierro la puerta y suelto la chaqueta encima de la cama, ¡por fin libre!, por fin voy a descubrir quién se esconde en mi habitación.

ERIC

Salgo corriendo como nunca, ellos me persiguen, tengo que entrar, tengo que llegar a la habitación, una vez allí estoy salvado. Apoyo la espalda sobre la puerta, jadeando, necesito tomar aire, y con la oreja pegada a ella me concentro en los sonidos que se oyen en el exterior. Creo que se han cansado de buscarme, así que me relajo un poco, me siento en mi litera mirando el escritorio que tengo enfrente y la pequeña puerta escondida, cuya existencia, parece que solo conozco yo, vuelvo a mirar hacia la puerta, miro por la ventana y entonces vuelvo a sentir ese impulso, necesito salir de allí. Tengo que ser cauteloso, porque normalmente salgo de noche, pero son las cinco de la tarde y todavía hay bastante luz, no quiero que me descubran, este es mi secreto, así que, una vez al otro lado, me deslizo sigilosamente por la pared, comprobando que nadie me ve y sin pensarlo dos veces, corro hasta el árbol más próximo, supongo que nadie me ha visto, mejor, pero igual es demasiado de día, necesito alejarme un poco más, y sin más dilación, me lanzo a la aventura.

Voy en busca de los árboles más frondosos que me puedan esconder bien. creo que aquí estaré bien, no parece que me adentre mucho en el bosque, pero nadie me ve, estoy a salvo, estoy cansado, necesito dormir, pero hay algo que me intriga, sigo como siempre con la cabeza apoyada en el tronco, pero al ser de día se ven como unas luces, serán el reflejo del sol. Parece que se acercan, son como unas pequeñas luces de colores muy brillantes, como luciérnagas, parece como si flotaran en el aire, pero no puedo más, tengo mucho sueño.

AMY

Una vez dentro tomo aire, ha sido una buena carrera, comencemos la búsqueda, en principio no parece haber señales de nada, ninguna luz extraña…, ningún ruido, es curioso, parece que sepan que de día es más peligroso hacer ruido por si te escuchan los mayores, pero bueno, estoy bastante cansada, creo que me voy a echar a dormir.

ERIC

Al fin despierto del largo sueño, abro los ojos sorprendido, pero, ¿Dónde están el bosque y los árboles?

Estoy de pronto en una especie de cueva sombría, pero acogedora y estoy en una cama con colchón y almohada y con un edredón cálido y calentito, nada que ver con los que hay en las habitaciones del orfanato, ¿Qué ha sido de él? ¿Qué lugar es este?. Me incorporo y abro muy bien los ojos, observando aquella habitación, observando bien todo lo que me rodea, con una mezcla entre miedo y sorpresa ¿Qué habrá ocurrido?

Es todo como una habitación grande y diáfana, en el centro hay una mesa grande de madera con tres o cuatro sillas a la izquierda, en medio de la pared hay una chimenea grande con una hoguera acogedora. A la derecha hay una puerta, cómo de habitación, pero es extraño, porque al fondo se ve la luz entrar desde el exterior. Como si fuera la entrada de la cueva, la cama donde duermo está al fondo de la cueva en un recoveco en el que cabe justo la cama, es muy acogedor, a pesar de ser una cueva está muy bien decorada, con muchos adornos en las paredes y muchas, muchísimas velas.

En medio de aquel entorno misterioso, algo me asustó, escuché la voz de alguien detrás de mí y fingí quedarme dormido con un ojo entreabierto. De pronto, vi entrar a una mujer de unos cuarenta años aproximadamente, alta con una tez clara, llevaba una especie de túnica blanca con un abrigo de piel encima, tiene que hacer mucho frío fuera porque el abrigo es bastante gordo, va cargada con un ánfora grande que, por lo visto, pesa bastante, suelta la vasija encima de la mesa y me mira, se aproxima un poco y cierro de repente el ojo para que no me descubra, pero creo que es demasiado tarde, ya se ha dado cuenta, sonríe, pero finge no haberme descubierto, ¡es muy guapa!, no sé, parece amable. Colgado del cuello lleva un colgante extraño, es como una piedra preciosa de color azul intenso. De pronto se acerca más y se sienta en el regazo de mi cama, justo a mi lado y me acaricia el pelo, empieza a decir unas palabras, supongo que me las dice a mí.

LADY PATRICIA

—¡Ay, mi niño, cuánto has tenido que sufrir en aquel lugar para tomar tan importante decisión! Menos mal que estaban allí los guardianes para protegerte, no temas, ahora ya estás a salvo, nada malo te va a pasar, no tengas miedo, quiero que me quieras como a tu madre.

ERIC

Acto seguido se levanta y se va, está haciendo unas cosas, supongo que faena de casa, pero no doy crédito a sus palabras, continuo fingiendo estar dormido, todavía exhausto por lo que acabo de oír. Mi madre… no sé, parece un poco rara con esa vestimenta y viviendo en una cueva, pero bueno, por lo menos tengo una madre.

AMY

Me desperté lentamente, parecía que me había echado una buena siesta, pues ya no se veía la luz del sol, había anochecido y las farolas de la calle estaban encendidas. ¿Cuántas horas habría estado durmiendo?, quizá toda la tarde. En fin, me incorporo lentamente, todavía adormecida, bostezando… disfrutando, de momento, todo normal. Será que solo aparecen cuando no los buscas.

Me incorporo de un salto y salgo de la habitación a ver qué ambiente hay por ahí, parece que la abuela se ha quedado dormida y mis padres aún no han llegado, ¡qué raro!, se les habrá complicado la faena, en fin, voy a tumbarme en el jardín.

Mi casa no es muy grande, el jardín es más bien una especie de patio, pero para mí es como si fuera un bosque, hay plantas bastante grandes que parecen árboles y a menudo los bichos y las mariposas se esconden allí.

En verano es bastante apacible, se está muy a gusto tumbada tomando el sol, últimamente me gusta salir de noche, cuando mis padres duermen, sé que es por las estrellas, desde allí se ven mucho mejor. Salgo corriendo, apartando la cortina, suspiro y me tumbo en una hamaca y ahí están. ¡Relucientes!, ¡brillantes y parpadeantes! Como si estuvieran interpretando una danza y allí, entre ellas, esa curiosa estrella, la que más brilla y que siempre me ha llamado tanto la atención, ¿qué misterio se ocultará tras ella, que me tiene en vela, que me quita el sueño y el hambre, qué es lo que habré de descubrir?, ¿la brisa fresca de verano? Hay en mí muchas preguntas que buscan respuesta, noto que algo se mueve entre las hojas de una planta, podría ser cualquier insecto, pero no sé... normalmente duermen, todo está tranquilo en su perfecta quietud.

Tengo que averiguar qué es lo que rompe esa perfecta calma en medio de la noche, me acerco sigilosamente a la maceta con una mezcla entre curiosidad y miedo, veo unas pequeñas manos en el borde de la maceta, de pronto, algo aparece volando, es como una luz de colores que no para de revolotear a mi alrededor. Pero enseguida me veo envuelta en una nube de colores, revoloteando a mi alrededor, no sé, es muy surrealista, ¿a caso estaré soñando, a caso me he quedado dormida en la hamaca otra vez?

De pronto parece que cesa su vuelo, que se tranquilizan, se calman y se quedan como flotando en el aire, yo no puedo dejar de mirar perpleja. Veo que uno de ellos se acerca, aproximándose peligrosamente a mí, para entonces puedo verlo, es como una especie de saltamontes, todos son pequeños duendecillos bañados en luz, tiene unas alitas transparentes y lleva los ropajes un tanto extraños, al igual que todos sus compañeros, pero mi asombro no acaba ahí. Pues enseguida se pone a hablarme y curiosamente, la entiendo, habla mi idioma.

CRISÁLIDA

—Hola Amy, ¿qué tal? Mi nombre es Crisálida y ellos son mi familia, somos los goblins, venimos de un mundo ya extinguido, pero no muy diferente al tuyo, tenemos la misión de ayudarte y protegerte hasta que seas lo suficientemente mayor para descubrir el secreto que se esconde al otro lado de las estrellas.

AMY

Así pasaron diez años en los que pronto mis juegos con las muñecas, pasaron a ser juegos con esos diminutos seres. Cantábamos canciones, me contaban cuentos, historias extrañas sobre ese mundo, pero … ¿Qué tendría yo que ver con todo eso, si era una simple humana?

En fin, nos lo pasábamos bien, eran mis mejores amigos, mejor incluso que mis compañeros de clase, tenía catorce años, iba a pasar al instituto, en el colegio no estaba mal, tenía bastante libertad, pero al no ser muy buena estudiante mis padres decidieron cambiarme de colegio. Al oír la noticia me asusté, no quería pasar de nuevo por ese trámite, no quería más cambios; colegio nuevo, compañeros nuevos… A empezar otra vez, pero en fin, supongo que no tenía otra opción. Tras conocer la noticia fui corriendo a mi cuarto, tenía que contárselo a ellos, tenían que enterarse enseguida de la mala nueva, a lo mejor ellos podrían ayudarme, así que me apresuré cerrando la puerta tras de mí para que nadie me viera pero… ¡Qué extraño! Normalmente, salían en cuanto yo llegaba, ya no se escondían, pero en aquel momento no notaba su presencia y tampoco los veía. Me puse a buscarlos por los cajones, escondidos entre las bombillas de las lámparas, recostados entre mis libros, pero nada, no había ni rastro de ellos. ¿Qué habría pasado? Empiezo a preocuparme, pero bueno, ya aparecerán, aunque esa noche no aparecieron, ni tampoco al día siguiente, ni al otro.

Pasaron las semanas y los meses, y no volví a saber de ellos, supongo que tendría que afrontar mis problemas sola, pues ya era mayor, así que me centre en mi nueva vida. Iba a entrar en la ESO, pero no en un instituto normal, dónde iba todo el mundo, sino en uno privado, era como una especie de internado o más bien, una cárcel, pues tenía que quedarme a comer, en fin, todo el día, y eso sería el principio de mi nueva y penosa vida. Cuatro años encerrada tras unas rejas, pero ese no sería mi mayor problema, mi mayor problema serían mis nuevos compañeros.

Los fines de semana continuaba saliendo con mi grupo de amigas y con el cambio de edad, empezábamos a salir a sitios nuevos; Pubs, discotecas... Comenzábamos a conocer a más gente, a más chicos y en general, lo que se hace en la edad del pavo.

Al principio nos lo pasábamos bien, pero tampoco es que me divirtiera demasiado con mis amigas, eran más bien normalitas, no iban demasiado con lo que yo entendía por divertirse, así que, bueno... supongo que para despejarme un rato estaría bien, porque iba a necesitar despejarme.

El primer día de instituto fue un tanto extraño... Teníamos que coger un autobús para llegar al centro porque estaba bastante alejado. En el patio había una cancha de fútbol y una de baloncesto. El edificio de las clases era muy grande, en el centro, y a la derecha había otro más pequeño, ese era el comedor, pero había algo que ya no me gustaba, estaba todo rodeado por unos muros y unas vallas enormes, sin duda alguna ese iba a ser mi primer día en el infierno.

ERIC

Mi nueva madre me despertó delicadamente a la hora de cenar, había preparado dos platos de sopa caliente, parecía que fuera hacía bastante frío. ¿Habríamos vuelto al invierno o a caso estábamos en otro país? Tenía tantas preguntas que hacerle, tantas incógnitas por resolver… Pero la verdad es que después de esa maravillosa siesta en esa cama tan reconfortante se me había despertado bastante el apetito. Aquello se parecía bastante a un hogar, nos dispusimos a cenar sin hacer demasiadas preguntas, ella tampoco hablaba demasiado, supongo que decidió dejarme disfrutar de la cena, algo que es de agradecer, que alguien te cuide y te dé todo su amor incondicional, sin reproches, siempre juntos. Alguien que te quiera libre y que te quiera por cómo eres, de pronto me sentí feliz, ya no tendría que preocuparme nunca más por huir de mis agresores, ya no volvería nunca más a aquel lugar, al fin tenía una familia.

Después de comer mi madre acercó dos sillones delante de la chimenea, creo que intuyó que podía tener algo de frío y sentándose ella, me invitó también a sentarme, pero continuaba callada, supongo que no quería que me sintiera agobiado, ni empezar a hacerme preguntas, en realidad, creo que ella sabía mucho más sobre mí que yo mismo, así que… Pasados unos segundos en los que entré en calor, empecé yo.

—Ya sé que no eres mi madre, puesto que he vivido toda mi vida en un orfanato, pero ¿puedo llamarte mamá?

—Por supuesto que sí, hijo mío, a partir de ahora seré yo tu madre y aunque no soy tu madre biológica, voy a procurarte todo el amor y el cuidado del mundo, te prometo Eric, que nada te va a faltar.

—Gracias mamá, por cierto, ¿dónde estamos, seguimos en España?

—No, Eric, supongo que lo habrás notado porque eres un niño muy listo y hace bastante más frío que allí. Estamos en Belfast, Irlanda del Norte, en una cueva en las montañas, un poco alejada de la ciudad.

—¿Y por qué no vivimos en la ciudad?

—Porque esto es más tranquilo, es mejor así, en la ciudad hay demasiado tráfico y la gente vive muy estresada, aquí vivimos rodeados de la madre naturaleza, eso te ayudará a crecer en un ambiente sano, no olvides que quiero lo mejor para ti.

—¿Y tú sabes qué les pasó a mis padres?

—Eric, es una historia muy larga, pero creo que debes conocerla. Verás, es difícil de explicar, pero lo cierto es que, ni tú ni yo, pertenecemos a este planeta, venimos de un mundo llamado *Enérgeia*.

Nuestro planeta era muy parecido a este, aunque sus gentes tenían una sabiduría muy superior, tanto, que habían alcanzado un Pacto Mundial de paz, era un mundo maravilloso en el que todos éramos libres de ser y hacer lo que quisiéramos. Nuestras leyes estaban basadas en el respeto y en la convivencia y habíamos conseguido vivir en paz durante un largo periodo de tiempo, pero la paz no duraría mucho.

Verás Eric, no todo el mundo que te vas a encontrar a lo largo de tu vida es precisamente bueno, pero ni los malos son tan malos, ni los buenos tan buenos, a veces el equilibrio está en saber comprender a quién la vida le ha obligado a elegir el camino equivocado, no obstante, llega un momento en que esas razones no son justificadas. Todos tenemos dentro dos lobos, uno malo y uno bueno y ganará el que alimentemos, pero hay que ser fuertes para ser capaces de mantener el equilibrio y la fuerza, querido hijo, eso se consigue viviendo, debemos aprender a ser resilientes.

—Pero, ¿qué pasó con nuestro mundo?

—Cómo te iba diciendo, la gente de Enérgueia tenía una inteligencia superior, habíamos conseguido dominar nuestras cualidades internas, llegando incluso a desarrollar capacidades especiales como la telepatía, la capacidad de volar o el dominio de la energía. El dominio de la energía corporal, entre otras.

Y hablando de los buenos y los malos, vivíamos en paz dentro de un gobierno que tras muchos años de trabajo, había conseguido ser justo con todo el mundo, habíamos conseguido un gobierno que generaba riqueza a nivel mundial, ya habíamos conseguido detener la guerra, erradicar el hambre y las enfermedades. Por tanto, todos estábamos muy contentos con ese gobierno, por lo que nadie sospechaba del plan oculto que tenían los gobernantes. Lo cierto es que hubo un momento en que se nos olvidó que éramos humanos y ese fue nuestro peor error; confiar ciegamente en nuestras propias capacidades y confiar ciegamente en un gobierno hecho por seres humanos cuya voluntad es muy maleable. Así que nunca pudimos imaginar que estaban creando un plan para exterminarnos a todos, y la terrible idea que tenían era acabar con todos los niños del planeta, exterminar a toda una generación, y casi lo consiguen, de no ser porque nuestros padres, tus padres Eric, dieron su vida por ti.

Cierto día, dieron la orden a las fuerzas del gobierno de recoger a todos los bebés recién nacidos para llevarlos al palacio del Presidente, dijeron que era para honrarlos, para celebrar que tuvieran una alta natalidad. Yo trabajaba de enfermera en uno de los hospitales más importantes del planeta, pero a mí la noticia no me llegó de nuevas, se oían rumores entre los trabajadores del hospital de que el actual presidente estaba introduciendo a gente nueva en el Parlamento, que se estaba dejando convencer por el movimiento malintencionado de gente que solo buscaba sus propios intereses, por eso tuve un mal presentimiento, yo, como enfermera, no podía hacer mucho, pero sabía de alguien que sí podía hacer algo. Fui corriendo a informarle y ojalá lo hubiera hecho antes. Entonces, quizá tus padres seguirían vivos y nuestro planeta no habría sido destruido; pero no tenía tiempo que perder. Cogí el primer tren que me llevaba a las afueras de la ciudad, allí donde empezaban las faldas de las montañas, me adentré en un bosque donde no podía verme nadie... Y alcé el vuelo. Me esperaba un largo recorrido hasta el otro lado de las montañas, a aquel lugar se le llamaba, "Las puertas del cielo," porque eran un punto de conexión entre nuestro planeta y el universo.

Allí había un santuario lleno de sacerdotes, magos y hechiceros. Dominaban artes que muy poca gente conocía, hasta el punto que muchos creían que se trataban solo de riquezas, pero yo sabía la verdad, pues yo era una de ellas, una de las mejores hechiceras del planeta que trabajaba para el gobierno de mi país, pero aquella noticia me había hecho volver otra vez al otro lado de la montaña; bajé corriendo por la ladera, el santuario estaba a solo unos metros de allí, era un edificio blanco y majestuoso con una terraza trasera enorme desde la que se vislumbraban las nubes, pero no se podía ver el suelo, solo un eterno manto de nubes blancas, hechas de algodón. Bajé corriendo a la puerta del Santuario y como de costumbre me abrió Corey, el portero del palacio.

—¡Lady Patricia!, ¿qué te trae por aquí?

—Corey, necesito ver a Callahan, es urgente, ¿sabes dónde está?

—Sí, adelante, lo puedes encontrar en la terraza.

Casi sin dar las gracias, salí corriendo en su busca, atravesando el extenso palacio, cruzando grandes puertas, adornadas con blancas cortinas, en medio de la terraza había una fuente de la que emanaba un agua cristalina y justo a su lado estaba el señor Callahan. El más grande hechicero de todos los tiempos.

Corrí hacia él hasta llegar a su lado y me detuve.

—Saludos, Callahan.

—¡Lady Patricia!, estaba esperando tu llegada, ¿conoces la noticia?

—Sí, ciertamente, me apena muchísimo el grado de corrupción al que hemos llegado, en cuanto lo he sabido he corrido a ti, no sabía a quién más acudir. ¿Qué podemos hacer? Hay que dar la voz de alarma para convencer a todos los padres de qué es una trampa, que no dejen a sus bebés.

—¡Pero tranquila!, ya he enviado mensajeros.

—Pero tengo un mal presentimiento, creo que el presidente no se va a conformar con revocar de buen grado su decisión, temo profundamente que se desencadene nuevamente una guerra.

—Estás en lo cierto, pero nosotros poco podemos hacer, esta guerra concierne a los humanos, son ellos los que deben aprender a ser fuertes e inteligentes.

—¡Bien Callahan, entonces los estás sentenciando a muerte! ¡Pero yo no me voy a conformar!

En vista de su negativa, sabía que ya no podía confiar en nadie, tendría que ser yo misma quien movilizara a toda la población, pero era demasiado grande la misión para una sola persona. Me enteré de que los mensajeros que había enviado Callahan no iban para informar a los padres, sino para recoger a los bebés y entonces lo supe, incluso las mismísimas puertas del cielo habían sucumbido a la corrupción; por lo que solo me quedaba una opción. Corrí hasta el hospital y cogí una ambulancia para llegar al Ayuntamiento, tenía que conseguir un holograma para que el mensaje llegara a toda la población.

Bajé sigilosamente de la furgoneta, pero había guardias por todas partes, me detuve un instante oculta tras la furgoneta, la puerta estaba abierta, estaban entrando y saliendo, de todas maneras, solo tenía que llegar hasta la oficina de administración, dónde guardaban los proyectores de hologramas, pero no sabía qué hacer vestida de enfermera.

Me quité la bata y entré como una ciudadana normal, aparentemente, para informarme en recepción. La chica que había detrás del mostrador me miró extrañada, pero no le dio mucho tiempo de preguntar, miré a un lado y a otro para cerciorarme de que no me miraba nadie, me acerqué como queriendo preguntarle y la dejé inconsciente, nada grave, se echaría la siesta un buen rato. El siguiente paso fue ponerme su ropa, así nadie sospecharía de que era una intrusa.

Después de aquello me resultó fácil entrar en la oficina de administración como una empleada más, entre tranquilamente, cogí el holograma y salí por la puerta como si nada. La gente de seguridad estaba demasiado ocupada organizándose para el gran plan del Estado, por lo que fue muy fácil salir de allí sin ser identificada. Simplemente, entré en la furgoneta y una vez allí aceleré, no podía dirigirme a la ciudad; pues estaba lleno de agentes de seguridad, pero tampoco podía ir hacia la montaña, ya no era de fiar, así que me dirigí hacia el mar, una vez en la playa, (en aquella época del año estaba poco concurrida), me dispuse a encender el holograma y ponerme a grabar.

—¡Aviso urgente para toda la población, no se fíen de los planes del gobierno, pues está corrupto, no quieren hacerle un homenaje a vuestros hijos, quieren exterminarlos! ¡Ciudadanos de Enérgeia, tienen que saber, que nuestro gobierno ya no es de fiar, nos ha declarado la guerra, oculten a sus hijos, pónganles a salvo!, lamento decir esto, pero ¡álcense en armas, la guerra ha comenzado!

El holograma fue visto por toda la población, estaban de un lado a otro despavoridos, corriendo a cuidar a sus hijos, yo sabía perfectamente que el presidente había visto el mensaje, así que mandarían a alguien a buscarme; no me podía arriesgar, era la última esperanza que les quedaba, pero la única forma de salir de allí, era atravesando las puertas del cielo. Nuestra única conexión con el universo. Un universo extenso en el que uno de los pocos planetas dónde se podía asegurar la vida era en la Tierra. Sabía que era el único lugar donde esos niños podrían vivir seguros, de todas formas, salvarlos era como entrar en un mundo normal, era darles una vida normal. Pero sabía perfectamente que no me iban a dejar entrar de buenas; ya no era bien recibida allí. Por lo que la única opción que tenía, era destruirla.

Inmediatamente después de transmitir el mensaje, volví a las montañas, pero esta vez volando, no había tiempo que perder.

Dejé el material en la furgoneta, tenía que entrar por la puerta de atrás, por la gran terraza, pero ni siquiera me hacía falta entrar.

Las puertas del cielo, en realidad, son agujeros negros, sabía perfectamente dónde estaba ese agujero, justo en el límite que separaba la terraza de las nubes, al otro lado no había nada. Apenas la falda de esa montaña, que rozaba el límite del planeta, donde la gravedad era muy baja. El agujero negro era un túnel qué, bien controlado, te podía llevar a donde tú quisieras, así que volví al gran palacio ocultándome tras la falda de la montaña. Sabía perfectamente quién podía estar observando, por lo que me limité a esperar a que anocheciera, no iba a estar ahí plantada eternamente. Al caer la noche, solo tenía que concentrarme.

Como te iba diciendo, habíamos conseguido dominar la energía corporal, así que solo me bastó un golpe seco, al pie de la roca, para provocar un pequeño terremoto que abriera una grieta justo en el centro de la estructura. Solo me quedaba reunir la electricidad que generaba mi cuerpo entre mis manos y proyectarla con fuerza hacia allí.

Tras la explosión, caí rodando montaña abajo, conseguí agarrarme a las ramas de un árbol. Cuando escuché el estruendo, alcé la vista y lo vi. Del Gran Palacio Blanco ya no quedaban más que ruinas, ahora solo me quedaba esperar. Pues no podía entrar en batalla, estaba demasiado cansada y malherida a causa de la explosión.

Pero mi plan no salió como esperaba. Después de la rebelión de los padres por defender a sus hijos, se desató una guerra qué duro tres días y la destrucción del Gran Palacio Blanco tuvo consecuencias que ni yo misma fui capaz de prever. Se abrió una grieta en las montañas, mucho más grande de lo que esperaba, y con las continuas explosiones generadas por por dicha guerra, la grieta fue creciendo, creando terremotos, nuevas formaciones rocosas y en algunos casos, separación de tierras.

Mucha gente falleció y no todos los niños pudieron ser salvados, solo sobrevivisteis unos pocos, gracias a un buen amigo que, tras ver mi mensaje, supo perfectamente cuál era mi plan. Me conocía perfectamente y también conocía donde estaba ese agujero. Se dedicó a buscar a los hijos de los padres de la Guerra, así se les llamaba. Los metió en la furgoneta y se dirigió hacia las montañas. Afortunadamente, me encontró a mí, justo a tiempo para salvarme, justo a tiempo... Antes de que el planeta explotara.

Actualmente, lo único que queda de ese planeta somos nosotros. Mi amigo Ithan y yo, y vosotros. "La generación desterrada".

—Entonces, ¿hay más niños como yo?

—Sí, Eric, sabemos que hay unos veinte o treinta niños como tú, repartidos por toda la tierra, pero muchos no tenemos constancia de dónde están. Unos fueron adoptados, otros acogidos en orfanatos, como tú, pero la mayoría murieron en la explosión.

—¿Y qué pasó con el agujero negro?

—Actualmente, está cerrado por seguridad, no queremos que la tierra corra la misma suerte que nuestro planeta, al fin y al cabo, este es nuestro nuevo hogar, pero no por eso es más seguro Eric, sé que aún eres muy joven para entenderlo, pero creo que desconfiar de cierta gente, te ayudará a protegerte en un futuro. ¿Recuerdas al señor Callahan y los monjes de Las puertas del Cielo?

—Sí.

—Bien, pues no te olvides de ellos; recuerda que son gente muy poderosa, capaces de usar artes mágicas que yo misma desconozco, y sospecho que pueden haber escapado, podrían estar entre nosotros, podría ser cualquiera, podrían adoptar cualquier forma humana o animal.

—Mamá.

—¿Si, Eric?

—Por eso siempre he sentido esa conexión, ¿verdad?,

por eso me gustaba mirar las estrellas.

—Así es, pero, ¿por qué dices me gustaba?, ¿es que ya no te gusta?

—Sí, pero después de lo que me has contado…

—No debes ponerte triste Eric, recuerda que tus padres están allí y lo que sientes al ver las estrellas es su energía. Ellos cuidan de ti, aunque no puedas verlos.

—Y… ¿Te puedo hacer otra pregunta?

—Claro que sí, las que quieras.

—¿Podremos encontrar algún día a esos niños?

—Por supuesto que sí, ¡debemos encontrarlos! Porque juntos somos más fuertes, pero ahora es hora de irse a dormir, se nos ha hecho muy tarde.

—Sí, mamá, buenas noches.

—Buenas noches, cielo, que descanses.

ERIC

Esa noche, por primera vez, recibí un beso de buenas noches de mi madre y pude sentir lo que es ser arropado.

Dormía profundamente cuando un dulce olor que parecía venir de la mesa me despertó al instante, ya estaba mi madre esperando, con su dulce rostro mirándome, a que me despertara.

—Buenos días mi niño, ¿qué tal has dormido?, el

desayuno está listo, nos espera un largo día.

Tras el cálido desayuno, siempre cobijados bajo la luz de la hoguera, cuya chimenea estaba siempre encendida, mi madre adoptiva procedió a enseñarme el lugar donde iba a vivir durante los próximos años de mi vida.

Era evidente que estaba en otro país, pues el clima había cambiado bruscamente, fuera hacía un clima húmedo en el que predominaba una espesa niebla que apenas dejaba contemplar el extenso paisaje de montañas, que se extendían hasta donde la vista no alcanzaba y caía una fina lluvia que traspasaba mi piel como agujas de hielo, pero ahí estaba siempre ella dándome abrigo, ofreciéndome su cobijo, brindándome todo su amor incondicional como el de una verdadera madre.

—Este será a partir de ahora tu hogar, Eric. Lamento que el clima no sea tan benévolo como en España, pero tranquilo, ya te acostumbras.

Al cesar la lluvia y levantarse después un banco de niebla, pude contemplar el maravilloso espectáculo que aconteció ante mis ojos. Un mar infinito de montañas y prados verdes, entre las que jugaban al escondite grandes y misteriosos lagos cómplices de numerosos cuentos y leyendas contadas desde tiempos inmemorables.

Al caer la tarde, tuvimos una inesperada visita. Ante el enorme hueco que dibujaba la entrada de la cueva, apareció la silueta de un hombre un tanto pintoresco; no parecía muy alto, moreno, de ojos grises, y también con los ropajes un tanto extraños. Vestido con unas mallas negras y una camisa verde, cuya faldilla sujetaba un enorme cinturón negro, en su cabeza lucía un, no menos extraño, sombrero de pico, también de color verde, a juego con sus zapatos.

Al ver semejante personaje frente a mis ojos, me quedé estupefacto, pensando si no estaría soñando, a lo mejor me había caído de la cama y me di un golpe en la cabeza, realmente parecía un duendecillo sacado de un cuento de hadas, de esos que te encuentras de vez en cuando, escondidos por el bosque. Pero, por lo visto, era real. El extraño hombre entró, saludando de forma cordial, con una voz cálida, a lo que Lady Patricia contesto de buen grado, por lo visto parece que se conocían.

—Este es Eric, le dijo Lady Patricia, llamándome para que me acercara a saludar.

El amable señor se presentó muy educadamente.

—Yo soy Ithan, amigo de tu madre y a partir de ahora amigo tuyo también.

Se podía ver a simple vista la complicidad con la que se miraban, debían de ser muy buenos amigos. De improviso, mi madre me invitó a salir fuera a jugar, supongo que tendrían algo importante de lo que hablar.

—Ithan, lo he encontrado, tenemos a uno de ellos, pero ¿qué será de los demás?, queda todavía mucho trabajo por hacer, tenemos que protegerlos, no sabemos cuánto durará la paz, ni dónde pueden estar escondidos.

—Pero, ¿cómo diste con él?

—Fueron los goblins los que lo encontraron, parece que la partida de criaturas mágicas que envíe, está dando resultado, pero no sabemos a ciencia cierta cuánto tardará en encontrar a los demás, ni dónde se esconden, creo que tendremos que tomar cartas en el asunto, tengo un mal presentimiento.

—¿Por qué dices eso?, ¿qué ocurre?

—Es Eric, dice que puede sentir la conexión, quizá nos puede ayudar a encontrar a los demás.

—Pero Patricia, es solo un niño, no podemos cargarle con esa responsabilidad tan grande, se supone que tenemos que protegerlo.

—Bueno, tampoco he dicho que vaya a enviarle ya en su busca, deja que crezca, confío en ti para enseñarle todos los secretos de nuestro mundo, y para descubrir sus capacidades, es probable que le tengas que enseñar también a ocultarlas, dependiendo de las circunstancias; si cualquier persona normal lo llegara a descubrir, sería una catástrofe.

—Cuenta conmigo, voy a ser como un padre para él, le enseñaré todos los secretos que debe saber, y… ya sabes lo que significas tú para mí, si tú quieres podríamos ser una familia.

—Ithan, sabes perfectamente lo que siento por ti, pero debemos ser prudentes, no sabemos quién puede estar observando.

—Sí, lo sé, pero criar a Eric podría ser la oportunidad que estábamos esperando. Patricia, no tengas miedo, seré prudente, te lo aseguro, nadie sabrá de su existencia hasta que esté preparado.

—Gracias Ithan, ¡no sabes cuánto te quiero!

—¿Eso es un sí?

—Sí — Dijo Lady Patricia, sonriendo.

—Llama al chico, tendremos que estar un tiempo fuera

en el bosque, allí nadie nos encontrará, te prometo que estará bien.

—Sí.

Al rato mi madre me llamó, ya habrían terminado de hablar, así que acudí corriendo y ¡cuál fue mi sorpresa!, cuando me explicaron que tenía que irme con ese señor y que a partir de ahora, él iba a ser mi padre.

Y así pasaron diez años en los que aprendí quién era, cuál era mi mundo y cuáles son mis capacidades. Mi padre me enseñó todo lo que sé. Me enseñó a volar, me enseñó el control mental y muchas otras cualidades que ni siquiera sabía que tenía. Nos pasábamos muchas horas entrenando en el bosque, a veces íbamos a la cueva a ver a mamá, que siempre nos esperaba con mucho amor y con un plato de comida caliente, fueron los años más felices de mi vida, jamás imaginé que iba a tener una infancia tan bonita. Aunque ha pasado de forma tan fugaz, como si apenas hubiera sido un sueño.

Ahora tengo quince años, y hay algo que no he podido olvidar, esa conexión, como si tuviera que encontrar a alguien, siento que ha llegado el momento de ir en su busca, no puedo perder más tiempo.

Enérgeia

2 AMOR ENTRE DOS MUNDOS

A Amy le encantaba quedarse absorta mirando las estrellas. Soñaba que podía volar y tocarlas. Le gustaba imaginar que, al otro lado, existían mundos extraños, que soñaba con descubrir. Y en esos mundos, gente como ella. Otros niños con los que poder jugar.

Luego llegó el colegio, el parque, las actividades extraescolares... Y sí. Había otros niños. Pero no parecían llamarle la atención. En realidad, nada que no perteneciera a su mundo, el del otro lado de las estrellas. Luego llegaron las fiestas, los chicos... ¡Los chicos! Al darse cuenta de su existencia; también algo dentro de ella cambió. Como si de pronto un jarro de agua fría, la hubiera hecho despertar bruscamente de un largo sueño. Y todo su mundo se centró en encontrar al amado "Príncipe Azul". El de los cuentos. Solo que ella, tenía una idea muy poco convencional, que se alejaba bastante del típico príncipe que la sociedad se empeña en vendernos. Este príncipe rebelde, le venía como anillo al dedo para salirse con la suya. Y rebelarse contra todo lo que atentara contra su mundo ideal.

Una noche, en la discoteca, Amy se distanció del grupo

para ir al baño. Atravesar la impenetrable masa humana que abarrotaba el local, obstaculizando la puerta, resultaba desesperante y agotador. Cuando por fin pudo llegar a la puerta, alguien la abrió de golpe, tirando al suelo su bolso. Ambos se agacharon a cogerlo y Amy notó de pronto la presencia de ese chico. Tan cerca... que podía sentir su respiración. Vacilaron un instante al cogerlo... Y sus miradas se cruzaron, entre balbuceos, apenas inteligibles, en los que se alcanzó a oír un "lo siento," y un tímido "gracias". Por un momento pareció pararse el tiempo y perdieron la consciencia del tráfico humano que les rodeaba.

—Voy... Con mis amigas... Allí.

Y Amy, perpleja... Como sumida en un profundo sueño, volvió con el grupo. Dejando al apuesto príncipe sin nombre, con la palabra en la boca. Ella era así, sencilla... Diferente a las demás.

Al llegar comprobó que sus amigas no se habían enterado de nada. Seguían entretenidas, buscando cuál iba a ser su siguiente víctima. ¡Mejor! Así no tendría que contar toda la historia. La verdad es que se estaban empezando a aburrir. Empezaba a vencer el sueño. Les dolían los pies. Y para colmo, aquel agobiante ambiente, sobrecargado por el humo del tabaco. Cuando esto ocurría, era señal de que había llegado la hora de marcharse, aunque alguna insistía en quedarse un rato más.

Amy empezó a girarse a un lado y a otro. Como quien quiere encontrar una excusa para alejarse de la multitud. Y de pronto, lo vio allí, apoyado en la pared, bebiendo cerveza. No parecía un mal chico. Tenía el pelo castaño claro, un poco largo, con unos mechones un poco más cortos en el flequillo, que le daban un aire rebelde, escondiendo a medias sus ojos, de mirada impenetrable. Vestía unos vaqueros con deportivas, y una camiseta negra ajustada.

Mientras fingía bailar le vio acercarse y se puso nerviosa. No sabía qué hacer, cada vez estaba más cerca. Se acercó a Amy y le susurró al oído.

—Acompáñame.

Ella sintió que le cogía la mano, y no pudo... O no quiso hacer otra cosa... Más que dejarse llevar.

Tenía la mano grande y el pulso firme. Al salir se sentaron en un banco. Era una calle peatonal, pero quedaba sitio libre en uno... Un poco alejado de los demás. No sabía por qué; pero se sentía a gusto con ese chico.

—Eric, dijo él, tendiéndole la mano.

—Yo soy Amy. Gracias por sacarme de allí.

—Se te veía un poco agobiada... Y decidí salvarte.

Ambos sonrieron, cruzando otra vez sus miradas. Eric parecía distraído, extendió los brazos en el respaldo del banco y miró hacia arriba.

—¿Qué miras? Le pregunto Amy extrañada.

—Las estrellas. Dijo Eric, sin dejar de mirar hacia arriba.

—¡Son maravillosas! Siempre he pensado, que sería bonita la idea de que, al otro lado, pudieran existir otros mundos, diferentes a este.

Y esta última frase, la dijeron los dos a la vez... Volviendo a mirarse... Esta vez, como si se conocieran... De toda la vida.

Sus miradas… Fue lo último que vieron; antes de volver a despertar.

De pronto. Las luces de la calle se apagaron. Dejando paso a la más absoluta oscuridad. Y sintieron una presencia en la oscuridad. Acto seguido… Perdieron la consciencia.

Al despertar. Amy notó que algo le oprimía las muñecas. Eric estaba a su lado encadenado. Seguía dormido. Intentó acercarse para despertarlo; pero las cadenas eran demasiado cortas. Se estiró al máximo, y giró su cuerpo en horizontal, de forma que sus piernas, se cruzaban con las de Eric. Y empezó a darle empujoncitos con los pies. En aquel momento, no sabía si quería que se despertara, o que siguiera durmiendo. Puesto que había adoptado una postura un tanto embarazosa. Cansada, le dio un puntapié con el que recuperó la consciencia en un suspiro. Y le dio una patada al ver que se estaba riendo de la situación. ¡A ella no le hacía gracia!

Tenían que salir de allí. Pero antes, tenían que encontrar la forma de desenrollarse, nunca mejor dicho; y romper sus cadenas. Amy tenía una pierna debajo de las de Eric, que se le había quedado dormida, y este a su vez, tenía las suyas debajo de la otra pierna de Amy, que se balanceó hacia atrás, consiguiendo retirar la pierna y Eric echó las suyas hacia atrás, inclinando levemente su cuerpo hacia delante. La pierna de Amy seguía dormida, dejándolos en una posición, demasiado embarazosa para ella. Sintió el rostro de Eric más cerca que nunca. Y de pronto… La besó. Amy pudo sentir como el tiempo se detuvo, en ese segundo, en un beso fugaz… Pero infinito. Ese fue el momento más feliz de su vida. El beso, parecía dibujarse en el aire un instante. Y cruzaron sus miradas. Sin decir nada. Como si sus ojos hablarán por ellos. Dos jóvenes almas libres. Atrapadas por la sociedad. Un mundo ficticio, creado por el ser humano; del que anhelaban escapar. Pues conocían una realidad mejor.

Eran dos jóvenes solitarios, unidos por la misma causa. En aquel instante. Amy percibió que conocer a Eric, le había hecho madurar.

—¿Cómo está tu pierna? Preguntó Eric.

Después de aquello, parecía que empezaba a sentirla otra vez. Y volvieron a sentarse bien. Todo lo bien que podían, todavía encadenados. El silencio y la oscuridad, hicieron que volvieran a caer en un profundo sueño. Primero Amy… Luego él… Se quedó vencido por el sueño… Contemplando su hermoso rostro, que… Dormido, parecía tan liviano… Era perfecto.

Pero su apacible sueño no duraría mucho tiempo. De pronto, una puerta se abrió, dejando pasar un rayo de luz, que enseguida se hizo más grande, iluminando toda la sala. Pero ellos seguían durmiendo, como si el aire estuviera colmado de una densidad embriagadora. Alguien entró por la puerta. Los dos jóvenes, aún dormidos, se removieron en sueños, como si notaran esa presencia, la misma que sintieron en el banco.

Tenía el rostro deformado y quemado. Y vestía una túnica negra, con una capa algo agujereada. Se acercó a los dos jóvenes. De pronto, Amy sintió que algo le acariciaba el pelo. Algo acompañado de un hedor horrible que enseguida la hizo despertar. Cuando vio la cara de aquel monstruo, gritó, y Eric se despertó.

—¡Déjala! Gritó.

Parecía conocerle. Pero seguían encadenados. En ese momento, entraron dos seres tan horribles como él. Uno de ellos desencadenó a Amy y se la llevó. El otro se quedó vigilando a Eric. Pero de pronto… Algo inesperado ocurrió. Hubo un estruendo y las paredes se movieron. El impacto hizo caer un trozo del techo dejando pasar la luz del Sol. Y con ella... Pequeñas lucecitas de colores. Eric, al verlos, sonrió.

Mientras tanto, en otra sala, Amy no paraba de forcejear y gritar, intentando escapar de aquellos seres. Tenían mucha fuerza, y le dolían las muñecas. La llevaban a otra sala, a través de extraños pasillos, conectados entre sí. De pronto, el estruendo se hizo más grande. Y las paredes de los pasillos empezaron a agrietarse, ella aprovechó el momento de confusión para intentar escapar. Deslizó sus muñecas y se escabulló echando a correr; pero estaba oscuro, había muchos pasillos, y se perdió. Por algún motivo, no la siguieron, pero debía encontrar la sala donde estaba Eric.

Ahora la estela de luz era más grande y se extendía por toda la sala. Eric parecía saber lo que ocurría, y se burlaba de él, desconcertando al guardián. De pronto, las luces se unieron formando un gran cuerpo. Era hermoso... Como un Dios. Los ojos le brillaban. Se acercó al asustado guardián, lo cogió por el hombro y le dijo que les llevará hasta su amo y que soltara a Eric. Y este obedeció. Pero cuando llegaron hasta la gran sala, Amy ya no estaba allí. Aquel monstruo tenía una sonrisa espantosa. Les contó, que intentando escapar, se perdió por los pasillos.

Estaba oscuro y hacía frío. Amy caminaba pegada a la pared, pero no sabía dónde estaba. De pronto, tropezó con algo y cayó por un precipicio. Sentía un intenso dolor en el hombro, se lo había dislocado, estaba cansada, y le dolía mucho el hombro, pero tenía que encontrar a Eric. Se levantó a duras penas y palpó las paredes. De pronto notó algo. Eran como unos hierros, colocados a modo de escalera. Así que, se dispuso a subir. Resultaba difícil agarrarse con una sola mano. Pero había algo... Que le empujaba a seguir. Mientras subía, notó una presencia, como si hubiera algo... O alguien, en las paredes. Sentía que tenía que salir de allí cuanto antes; así que se apresuró y se agarró con el otro brazo, a pesar del dolor.

Cuando llegó al último escalón, sintió de pronto que algo la cogió del pie. Ella forcejeó, intentando soltarse. Y de repente, vio a una inmensa luz al fondo del pasillo, pero sintió que algo tiró bruscamente de su pie, y se quedó colgando. Algo la agarraba del pie, y sintió que empezaba a cogerla del pelo... Y de las manos. Cerró los ojos un instante recordando la luz, respiró hondo... Y cogió impulso. Entonces salió. La luz seguía allí, pero vio de pronto dos seres verdes, con un rostro espantoso. Su piel era Rugosa y áspera. Amy les dio un empujón y salió, tirando del que le agarraba del pie. Intentó correr, pero aquellas criaturas la seguían intentando atraparla. Cambiaba de dirección para distraerlos, pero resbaló y cayó por una rampa llena de piedras.

¿Habría logrado despistar aquellas criaturas?... Pero ya no veía la luz. Se quedó quieta un instante, intentando pensar... Tenía pequeñas piedrecitas clavadas en la piel. Se sentó un instante en el suelo, intentando pensar... Y se quedó dormida.

Mientras tanto, la luz seguía recorriéndolo todo, intentando encontrarla. En la gran sala, Eric venció aquel horrible monstruo y a sus siervos. Estaba aparentemente solo, pero sabía perfectamente hacia dónde ir.

Mientras tanto, en los pasadizos. Amy, volvió a despertar. Sintió de pronto un golpe de aire fresco, abrió los ojos... Y vio que allí estaba aquel Dios de la luz. La ayudó a levantarse y la rodeó, adoptando forma de aura. Parecía que ahora sabía por dónde ir. Corrió a través de aquel túnel y oyó a Eric llamándola. Entonces gritó su nombre y de pronto, allí estaba él. Al otro lado del pasillo. Los dos jóvenes corrieron hasta abrazarse, y entonces la luz lo inundó todo. Corrieron hasta la salida, ahora veían la luz del sol entrando por un gran agujero. Pero de pronto cayó una gran roca delante de ellos. Obstaculizándoles el paso. Se dieron la vuelta, pero otra piedra cayó. Tenían poco tiempo, la cueva empezaba a derrumbarse. Él cogió a Amy de las manos y la miró a los ojos. Le dijo que la luz que había visto es la energía que ellos desprenden. Amy no entendía nada, pero confiaba en él. Cogidos de la mano, se acercaron hasta la gran roca, poniendo sus manos sobre ella. De pronto, Amy notó desprenderse de su interior una energía, que desconocía tener. Un aura de luz envolvió la piedra y los dos jóvenes se agacharon. Entonces la piedra estalló en mil pedazos, dejando una gran nube de polvo, a través de la cual, penetraban los rayos del sol. Los dos jóvenes salieron a toda prisa y empezaron a correr montaña abajo, en ese momento, la cueva se derrumbó. Los dos jóvenes se giraron, contemplando los restos de aquel extraño lugar.

Amy le preguntó a Eric qué había pasado, y él le dijo que no importaba, que eran libres. En ese momento, Amy empezó a sentir el dolor del hombro de nuevo. Se sentaron en la montaña a descansar, en un hermoso claro del bosque. El sol brillaba aportando un reconfortante calor. Amy, recostada en su pecho, le preguntó.

— Estamos en otro mundo, ¿verdad?

—Sí, dijo él, preguntándole si recordaba la historia que le había contado en el banco. Le contó también que sabía que ella también podía verlos, que de pequeño, intentando seguir esas luces, quedó atrapado entre ambos mundos. Entonces quedó atrapado en esa cueva, y conoció a los "rostros tristes". Eran niños perdidos en la oscuridad. Jamie era uno de ellos. Enloqueció y escondió al resto de los niños por los pasadizos, que con la ausencia de luz, no supieron volver.

Los Goblins percibieron su presencia, y les sacaron de allí.

—Entonces, ¿qué son exactamente esas pequeñas lucecitas? Preguntó Amy.

Enérgeia

—Son dioses de la energía — Contestó él. — Mientras dormimos, ellos nos proporcionan fuerza para vivir.

Entonces Amy entendió que formaban parte de ellos. Mientras hablaban, vieron aparecer al Dios de la luz, que les saludó y… Acercándose a Amy, posó sus manos sobre su hombro y le curó las heridas. Luego les invitó a quedarse. Pero los dos jóvenes se miraron y dijeron que no querían quedarse, querían volver a su mundo. Todavía tenían muchas cosas que hacer juntos. Sabían que, algún día, les volverían a ver. Y así fue cómo empezaron su vida juntos. ¡Mirando las estrellas, en las noches de verano!

Al regresar había amanecido. Eran exactamente las seis de la mañana. Una hora demasiado tardía, para regresar a casa con quince años. No deseaba volver. Sabía que sus padres le darían una buena regañina. Al pasar por la puerta del pub, todavía quedaban unos cuántos rezagados, esperando a que se les pasará la borrachera. Mientras caminaban cogidos de la mano, Amy le dijo a Eric.

— Cuéntame más cosas de ti.

Y él le dijo en un tono burlesco.

— Bueno, soy mayor que tú. ¿Qué dirán tus amigas?

Y ella le miró a los ojos y contestó.

— ¡Que digan lo que quieran!

Al llegar al portal se despidieron, quedaron para verse por la tarde. La joven entró descalza para no hacer ruido y enseguida se sumergió en la cama. Tuvo suerte, sus padres todavía dormían. Por la tarde se excusó con que había quedado con las amigas.

De pronto, sonó el móvil, cogió el bolso y bajó corriendo las escaleras. Allí estaba él, con su melena castaña y sus ojos grises. Hacía una espléndida tarde de verano. El sol brillaba alto mientras paseaban por la montaña hablando sobre la vida, sobre esa energía, y sobre ese mundo extraordinario, llegaron de pronto a un lago de aguas claras, donde podían verse peces y plantas de colores. Amy se enamoró de aquel lugar, y aquel fue, para siempre, su escondite especial, donde juntos aprendieron muchos secretos sobre esa energía natural que ellos, entre todo el mundo, eran conscientes que tenían. Y eso les hacía muy especiales.

3 CUANDO VUELVAS A LOS SUEÑOS

Hacía ya tres años que no tenía esta sensación, rondando vagabunda por todo mi cuerpo. Era una agradable sensación de poder y bienestar. Siempre creí, (y no iba mal encaminada), que eso estaba relacionado con algo que ocultaba, ignorante de lo que era, pero siempre convencida de que era algo especial. Bien, pues, después de esperar tres años de mi vida. Al fin descubrí lo que era.

Estaba a punto de acabar primero de bachillerato. Y tenía todo el verano por delante. Por otro lado, siempre he llevado una vida normal, como la de cualquier persona. Pero en el fondo, siempre he sabido que tengo una doble personalidad. Lo que aún no sabía es que pronto mostraría al mundo mi otro yo. Pero ni siquiera yo misma me podía imaginar, que la otra cara de mi persona fuera tan radical.

Yo sabía que era una persona bastante rebelde y activa, pero, a decir verdad, me gusta más mi yo oculto… Hasta ese momento.

Era como ser completamente libre, como ser mi propia

jefa, y eso… ¡Me encantaba!

Creo que, precisamente por eso, nunca me ha gustado eso de comportarme como una señorita fina y educada. Porque mientras procuraba evitar que nadie lo descubriera, mi corazón ardía en rebeldía. Incluso he llegado a pensar que en otra vida, podría haber sido una de esas personas, a las que la gente desprecia tan solo por su forma de vestir y de pensar. Pero, a decir verdad, nunca me ha importado demasiado. Lo único que más me ha importado durante todo este tiempo, es descubrir ese yo oculto, ese gran secreto sobre mí misma, qué siempre me ha mantenido intrigada. Como si de una emocionante historia de misterio se tratara. Pero no solo descubrí que tengo auténticos poderes sobrenaturales. Si no que, además, descubriría que no soy la única en la tierra, con esta gran cualidad. Pues desde que conozco a estas personas, mi vida ha cambiado por completo. Lo que creía que sería el fin de mí, hasta ahora pesada existencia, se convirtió en un auténtico paraíso de emoción, ilusión y entusiasmo, que duraría eternamente.

Pero antes, deberíamos deshacernos de nuestro malvado enemigo, cuyas maldiciones cayeron sobre nosotras durante mucho tiempo. E incluso nos hizo tocar por momentos el frío y cruel infierno. Pero mis compañeras, Laura, Marta y yo. No podíamos permitir que eso sucediera. Sin nosotras, la tierra estaba perdida.

Nos conocimos el verano pasado en Belfast, Irlanda del Norte. Yo estaba allí, por uno de esos viajes que haces tan solo para mejorar tu nivel de inglés. A Laura, la conocí en una tienda de recuerdos. Ella estaba estudiando música y su gran ilusión, era ser una cantante famosa, pero simplemente estaba allí por un viaje de placer. Había llegado allí desde Nueva York, y dominaba a la perfección cuatro idiomas. El inglés, el español, el francés y el italiano.

Por fortuna, coincidimos las dos en conocer a la amable familia con la que me había quedado. Pues ella había venido antes, a lo mismo que yo. Así que se vino con Elisabeth, la única hija de la familia, y conmigo. Ella tenía dieciocho años, como Laura. Ellas dos eran grandes amigas. Yo tenía un año menos que ellas. Pero la edad no importaba allí, pues enseguida congeniamos muy bien.

Más tarde conocimos a Marta en el cine. Ella tenía un año menos que yo, pero tenía la mentalidad de una chica de veinte años. Venía de Arizona y quería estudiar fotografía. Había venido gracias a ganar el primer premio en un concurso fotográfico, pero solo le pagaban el viaje, la estancia tenía que buscársela ella. Así que, al explicarnos su historia, Elisabeth le dijo que viniera a su casa, que sus padres estarían encantados de tenerla. Y que cuanto más gente fuéramos, mejor.

Entonces, me quedé parada pensando, durante unos instantes. Y vi que serían las mejores vacaciones de mi vida. Aunque, en realidad, había ido allí tan solo a aprender inglés, pero con aquella gente. Todo era más fácil y divertido.

Pero después de una semana allí... ¡Todo empezó a desvanecerse! La ilusión, la emoción... Absolutamente, toda la magia que había crecido de nuestra gran amistad, quedó totalmente anulada por el terror y el dolor.

Cada cosa original que intentábamos hacer, se venía abajo... Por alguna extraña razón. Pero Elisabeth no parecía muy tranquila. Era como si supiera lo que estaba pasando. Y efectivamente, lo sabía. Ella nos ocultaba a todas nosotras un secreto. La razón de por qué habíamos coincidido todas allí, en aquel preciso momento de nuestras vidas. Y, ese día... Al fin lo supimos todo.

Más tarde, fuimos a ver a Lady Patricia, que sería la que

nos ayudaría a sacar al exterior, todo nuestro poder para vencer a Víctor. El malvado rey de la desesperación que, según nos contó Lady Patricia. Necesitaba a tres chicas jóvenes para deshacer el hechizo que una bella hechicera le hizo. Por ser tan cruel y despiadado. Y que desde que nacimos, no nos había quitado los ojos de encima, esperando a que llegara aquel momento.

Este rey oscuro, era en realidad una criatura que Callahan, el poderoso hechicero corrupto de Las Puertas del Cielo, creó en secreto, mucho antes de la extinción de Enérgeia. Este, cegado en cólera por la rebelión de Lady Patricia, arrojó a la criatura por la entrada de conexión con el universo, en el último minuto, antes de la gran explosión. Casualmente, acabó perdida en algún lugar de la tierra, donde permaneció oculta hasta encontrar la conexión con Callahan, o, más bien, lo que había quedado de él. Ithan, en una de sus exploraciones, descubrió el encuentro y corrió a informar a Lady Patricia, que, aterrada por tan conflictiva situación, le maldijo, con el fin de drenar su poder. Pero, inmediatamente después, se dio cuenta. Si lograba encontrar a esas tres pobres muchachas antes que ellos… ¡No habría salvación! ¡La Tierra, podría ser el próximo planeta extinto!

Eric ya me había hablado de ella en alguna ocasión, pero jamás imaginé que sería una mujer tan bella y poderosa. Podía vislumbrarse su aura blanca, como una luz tenue que la acompañaba a todas partes. Podías sentir la paz que te transmitía su presencia.

Luego también nos contó, con una voz casi incomprensiblemente baja, que lo encontraríamos en un gran lago que había cerca de allí. Y que solo existía una forma de acabar con él. ¡Arrancándole el corazón!. En ese momento, las tres nos quedamos atónitas ante sus palabras, mientras sentíamos como un espeluznante escalofrío, nos bajaba por la espalda, clavándose en nuestros temblorosos huesos, como si de cien puñales se tratara.

Pero Lady Patricia, que vio que estábamos un poco conmocionadas, intentó consolarnos, diciéndonos que también podíamos recurrir a Ithan. Un hechicero amigo suyo, que nos podía ayudar a vencer a Víctor. Obviamente, no podíamos rechazarlo.

Yo ya sabía algo sobre nuestros poderes. Pues Eric me lo había contado, pero jamás imaginé, que eso era solo el principio de la historia.

Al día siguiente, fuimos al gran lago. Aquella mañana hacía un frío terrible y la lluvia que caía y mojaba nuestros cabellos, hacía ver una escena terrible. Y recordamos, justo antes de partir, que éramos muy diferentes del resto del mundo. Y eso nos hizo caer en la tentación de subestimar a nuestro cruel y despiadado enemigo, que por alguna misteriosa razón, aquella mañana no hizo nada, hasta el momento del encuentro.

Media hora después de salir, al fin, llegamos al gran lago. Aquello tenía un aspecto realmente fantasmal. Pues la niebla cubría prácticamente todo el lago. Y la tenue lluvia que caía, le daba un toque infernal.

Nosotras, atónitas ante aquella escena, permanecimos inmóviles durante unos minutos. Observando el paisaje, mientras una canción sonaba en el fondo del lago… Canción que llegó hasta nuestros embrujados oídos, impidiéndonos movernos del lugar.

De repente, dejó de llover, y la canción desapareció. Pero la niebla aún seguía tiñéndolo todo de gris. Casi sin darnos tiempo a reaccionar, se oyó a lo lejos un tenebroso gemido. Lo que nos hizo sobresaltarnos, y salir así del embrujo de aquel escalofriante paisaje. En ese breve instante de tiempo, nuestros ojos pudieron observar al ser más repugnante, y horrible que habíamos visto en todas nuestras vidas. Y nos dimos cuenta de que aquello no sería tan fácil como creíamos.

En ese momento, algo nos hizo quedar totalmente paralizadas de nuevo. Pero, ¿qué podría ser?...

Por el momento habíamos caído en su trampa. Al hacer su aparición, como si supiera cómo íbamos a reaccionar ante aquella escena y lo tuviera todo perfectamente estudiado. Nos lanzó una de sus mejores armas. ¡Estábamos atrapadas! Sus poderes telequinésicos consiguieron inmovilizarnos por completo.

Pero nuestro orgullo era más fuerte que sus poderes. Yo jamás lo imaginé, pero en ese momento sacamos toda la rabia que teníamos contenida. Dicen que gritar es bueno para curar el estrés, pero aquello nos dejó como si acabáramos de hacer yoga. En fin, de este modo conseguimos dejarlo por los suelos, nuestro poder mental, por separado, todavía no era muy grande, pero juntas, éramos muy poderosas. Aquello era justo el tipo de aventuras que siempre soñé vivir. En aquel momento, habíamos conseguido desatar todo nuestro poder. La escena era perfecta. Ya habíamos conseguido hacerle enfadar. Todo aquello era perfecto, aquello estaba empezando a tener emoción.

Pero no podíamos quedarnos pasmadas, mientras ese repugnante ser lanzaba terribles y ensordecedores gemidos de rabia. Así que, nos miramos las tres a los ojos mientras, decididas, asentíamos con la cabeza. Nuestra decisión fue impecablemente acertada e imparable. Nos lanzamos contra él y descargamos todo nuestro poder hasta convertirlo en un gigantesco amasijo carbonizado. ¡Me quemaban las manos! Era la primera vez que desprendía tanta energía a través de ellas.

Ahora solo nos quedaba la operación principal. ¡Arrancarle el corazón!.

Pero de improviso… Algo extraño ocurrió. En un segundo nos estampó contra el suelo, al borde del lago. Era repugnantemente increíble. La piel se le estaba cayendo a pedazos, como si fuera una cebolla. Y en un momento sufrió una alucinante transformación. En ese momento empezó a llover y la escena recobraba toda su infernal magia negra. ¡Ahora sí que estábamos perdidas!

Casi sin poder reaccionar, volvíamos a escuchar esa mística canción. Y seguidamente, la lamentable carcajada de nuestro despiadado y terrible enemigo.

Pero esto no terminaba aquí. De pronto, nos vimos envueltas en un terrible y amenazador infierno de rocas. La tierra se movía por todas partes y nosotras nos hundíamos inevitablemente. En ese momento, todo parecía hundirse lenta y dolorosamente. Pero había que pensar algo y rápido. Teníamos que ser inmunes al dolor. ¡Ya!

Después de tanto tiempo, llegamos al límite de nuestras fuerzas, pero mientras, no pudimos evitar nuestra terrible caída al mismísimo infierno. Aquella sensación… Es la más horrible que he tenido en toda mi vida. Ahora estábamos en su territorio. Y esa espantosa canción sonaba cada vez más alto en nuestros oídos.

En casi cinco minutos. Pudimos saber lo que se siente a las puertas del infierno. ¡Nos estaba matando a su gusto y no podíamos hacer nada!

Pero en ese momento, un ángel se me apareció. Era Eric, podía escuchar su voz, aunque en ese momento estaba lejos. Me decía que confiara en mí. Y no lo pude evitar. En medio de la desesperación, me puse a gritar de nuevo, pero esta vez estaba segura de que nada era como antes. Mis compañeras me preguntaron atónitas, si estaba segura de lo que estaba haciendo. Y yo, más convencida que nunca, como si estuviera poseída. Les contesté que sí. Nunca me había sentido tan convencida de lo que iba a hacer como en aquel intenso momento.

Mientras, Víctor se estaba quedando aturdido, mientras contemplaba el enorme poder que llegué a desprender. Y, como él hizo con nosotras. Sin darle tiempo a reaccionar, desprendí toda mi rabia y toda mi potencia contra él. Un aura inmensa de energía se desprendía de mi cuerpo, pero, bien controlada, era como una onda expansiva. En un momento conseguí casi matarlo, pero solamente había una forma de matarlo. Y, además, volví a cometer el gran error de tener demasiado buen corazón. Cuando vi que parecía indefenso… Incapaz de moverse, me giré buscando con la vista a mis compañeras. Pero entonces me preguntó que si no iba a matarle. Y al menos tuve el placer de contestarle que yo no podía rebajarme a ser como él y me fui.

Pero todavía no había dado tres pasos, cuando, para mi sorpresa, se levantó y cogiéndome del cuello, intentó ahogarme. En ese momento pude escuchar un profundo grito de rabia de Laura. La que se lanzó enseguida en mi ayuda, a pesar de su grave y lamentable estado. Ahora éramos dos las poseídas. Ella luchó, hasta que vio que pude recuperarme con toda su rabia y luego vino a contarme el plan que tenían, pero entonces cometimos nuestro gran segundo error. Nuestro enemigo aprovechó ese despiste para atacar. Ahora nos tenía a las dos bajo su poder y su masacre contra nosotras continuó, pero, en ese preciso momento, recordó que él no podía matarnos, pues nos necesitaba para poder deshacer su maldición. Por lo que dejó de golpearnos. Nos llevó a un extraño lugar y nos encadenó unas extrañas tablas de madera.

Pero... afortunadamente, el enemigo también cometió su grave error. Pues le faltaba una para tener a sus tres chicas a punto de ser sacrificadas. La pregunta era, ¿dónde estaría la tercera? Su error fue ir a buscarla. Mientras, nosotras dos intentábamos escapar de las enormes cadenas que nos quitaban en ese momento de la libertad.

Pero, en el fondo de nuestro corazón, había un sentimiento que latía muy fuerte, característico de nuestra segunda personalidad. Porque en el fondo éramos guerreras y eso era lo que gritaba tanto mi corazón, como el de Laura y Marta.

Mientras Víctor buscaba, desesperado por la confusión, aconteció el tercer milagro, ¡el más grandioso de todos! Nosotras dos continuábamos allí sin saber qué hacer cuando de repente, se oyó un gran estruendo que nos dejó totalmente boquiabiertas. Efectivamente, era lo que estábamos pensando. Nuestra última gran esperanza, Marta. Había conseguido liberar toda su rabia, y ahora éramos tres las poseídas. Su gran energía podía llegar hasta nosotras y entonces volvimos a escuchar, otra vez, la voz de nuestros corazones. De repente, algo tiró la puerta abajo. Era él, nosotras dos nos miramos extrañadas. ¿Qué había pasado con Marta? ¿Y nuestra esperanza? Mientras Laura y yo nos hacíamos todas esas preguntas, el malvado Víctor se iba acercando lentamente hacia nosotras. En ese momento, toda nuestra esperanza se desvaneció. Parecía que estaba decidido a finalizar su ritual, tan solo con nosotras dos. Sin importarle lo que le pudiera pasar a él. Mientras, Un sentimiento de impotencia nos volvía a invadir. ¡No podíamos aceptarlo! Iba en contra de nuestros principios rendirse. Pero en ese momento, en ese lugar, el milagro al fin terminó de realizarse. Cuando parecía que estaba todo perdido y Víctor estaba a punto de comenzar su ritual, apareció Marta a sus espaldas, lanzándole a continuación una de sus mejores armas. En ese momento, él se giró resentido del dolor con la espalda quemada, y Marta le dijo con voz desafiante.

— ¡¿Por qué no te metes con alguien de tu tamaño?!

Aunque supongo que lo diría metafóricamente. Porque a mí me parecía que estábamos luchando contra una montaña. En ese momento, Víctor, consumido por su rabia y por su odio, atacó repentinamente a Marta. Pero esta paró el golpe al instante y se lo devolvió. Seguido de una brutal, pero merecida paliza. Que, inmediatamente le hizo caer como una pluma al suelo. Después, Marta vino a sacarnos de allí. Pero Víctor se volvió a levantar, aunque ya era demasiado tarde para él, pues nosotras éramos de nuevo libres y ahora íbamos a por él.

¡Al fin éramos invencibles! Pues teníamos la fuerza al límite de una, multiplicada por tres. En ese momento iniciamos el combate final. Víctor empezó a golpearnos, pero se cansaba tontamente. Al final, agotado, paró. Entonces tuvimos nuestra última oportunidad.

Despeinadas por el misterioso viento que empezó a hacer, nos miramos fijamente a los ojos y asentimos una vez más. Seguidamente, empezamos a ir... Lentamente hacia nuestro ahora penoso enemigo. Aunque decidimos no volverlo a subestimar, por si acaso. Cuando al fin llegamos a estar a un solo paso de Víctor, comenzó la acción. En ese momento, pudimos disfrutar del placer de hacerle saber todo lo que nosotras habíamos sufrido por su causa. Ahora la suerte sí que estaba de nuestro lado.

Pensándolo fríamente, la verdad es que jamás pudimos imaginar que podríamos llegar a tener un comportamiento tan sádico. Aunque ante aquella situación, y en ese preciso momento, nos parecía perfecta, la idea de arrancarle el corazón. La misma idea que justamente un día antes de todo aquello nos causaba escalofríos... e incluso terror.

Para finalizar, terminamos jugando con él, como si de una pelota de béisbol se tratara. Y cuando nos cansamos de jugar, finalmente acabamos con él, fui yo quien tuvo el placer de arrancarle sin piedad el corazón y… una vez extraído, lo destruimos.

Pero en ese momento, la oscura y profunda magia negra que ocultaba, se mezcló con el aire que en ese momento respirábamos. Lo que nos hizo recordar, que aunque hubiéramos ganado, todavía seguíamos en el infierno. Por lo que fuimos rápidamente a buscar la salida. Si alguna de nosotras respiraba aquel aire maligno, que se extendía cada vez más por todo el infierno, esta moriría al instante. Por eso nos apresuramos a buscar la salida, que no encontrábamos, a pesar de nuestros esfuerzos.

Aquello cada vez era más asfixiante. Cada minuto que pasaba quedaba menos oxígeno. ¡Teníamos que darnos prisa, de lo contrario, todas moriríamos! Y no podíamos permitirlo, porque teníamos toda una vida por delante y muchas aventuras por vivir.

Además, un guerrero no puede morir en el infierno. Al menos uno que luche por el bien y la paz. Los verdaderos guerreros nunca mueren. Pero esta vez. Parecía que estaba todo perdido. Por más que corríamos, no lográbamos encontrar la forma de salir de allí, hasta que al final nos tuvimos que parar, estábamos agotadas. Pues habíamos sobrepasado el límite de nuestras fuerzas, pero en ese momento, detrás de la desesperanza, volvía a aparecer un "Ángel". Podíamos escuchar la voz de Lady Patricia que cantaba en lo más profundo de nuestros corazones. Allí donde nunca nadie, ni siquiera nosotras mismas, pudimos llegar. Estaba guiándonos hasta la salida.

Entonces la mente se me despejó, como por arte de

Enérgeia

magia. Y sin decir ni una palabra, nos cogimos muy fuerte de las manos. Como si por alguna razón, nos hubiéramos puesto de acuerdo. Era indescriptible, porque al darnos las manos, todas pudimos sentir intensamente, como si fuéramos un solo ser, la energía que emanaba de nuestro interior. Entonces nos pusimos a gritar entre lágrimas de emoción con todas nuestras fuerzas, permitiendo sacar toda nuestra energía al exterior. Dando paso a un agujero que se abrió justo encima de nosotras. Por lo que, cogimos impulso y rápidamente, saltamos al exterior. Pero cuando iba a salir yo, que me quedé la última, el agujero empezó a cerrarse. Y cuando apenas había sacado mi cuerpo, se cerró. Sentí un fuerte dolor en la cintura, y di un gemido de dolor. Cada vez me tragaba más hacia abajo. En ese momento, mis amigas, al oír el grito de socorro, se giraron. Y Laura, ágil y rápidamente, vino a darme la mano, pero el agujero tenía demasiada fuerza. Luego se puso a estirar también Marta, pero tardaron un cuarto de hora en sacarme de allí y estaba agonizando de dolor. Y tengo que admitir, que jamás he tenido tanto miedo.

Bien, al final pudieron ayudarme a salir de allí y, agotadas por el esfuerzo, nos tiramos las tres en el suelo. Disfrutando de la sensación de saber, que habíamos ganado. Mientras tanto, pudimos observar que el gran lago había cambiado de aspecto. Habían crecido las flores y la hierba, la niebla y la lluvia habían desaparecido y en lo alto del cielo, el sol brillaba y nos sonreía, dándonos la enhorabuena. Por lo que decidimos quedarnos allí, y disfrutar media hora más del ambiente, mientras nos felicitábamos medio jugando por haber vencido a Víctor. Y pensando ya en la magnífica vida que nos esperaba junto a los grandes habitantes de aquel extraordinario mundo, que Lady Patricia nos había prometido. La verdad es que estábamos impacientes por hacer realidad nuestro gran sueño. Así que, pasada la media hora, cuando ya habíamos descansado, nos fuimos corriendo a buscar a Lady Patricia. Cuando llegamos, incluso ella y Elisabeth, que había madrugado mucho para venir a darnos la enhorabuena, saltaban de emoción. Allí, una vez calmadas, nos curaron las heridas. Lady Patricia nos invitó a un delicioso cóctel para celebrarlo. Y luego nos recorrimos prácticamente toda Irlanda.

Pero antes de hacer nuestros sueños realidad. Todavía nos quedaban cosas que hacer; ya que quizá no volveríamos a ver nunca más a nuestras familias y amigos. Le preguntamos a Lady Patricia si nos podía conceder unos días para estar con nuestras familias y despedirnos debidamente de ellos. Y ella nos dijo que sí. Este fue el momento más emotivo de nuestras vidas. Porque sabíamos que todas las cosas buenas que teníamos en este mundo, ya no las volveríamos a tener. Pues empezábamos una nueva vida.

Pero, después de despedirnos, al fin, pudimos disfrutarlo más intensamente que nunca. Decidimos las tres, ser simplemente lo que éramos. ¡Guerreras! Con capacidad de volar y proyectar nuestra energía. Una vez allí, nos hicieron una ceremonia de bienvenida para convertirnos en lo que realmente éramos. Pero lo mejor de todo fue que allí, pude encontrar unos viejos amigos y maestros, los goblins, que me habían acompañado en los inicios de esta gran aventura. Y con eso se habían cumplido todos mis sueños.

Ahora, llevamos ya bastante tiempo aquí. Y por fin nos van a dar permiso para poder ir a guiar y enseñar a otros posibles huérfanos de Enérgeia. ¡Y esto me hace muy feliz! Pero a veces, todavía sigo recordando los buenos momentos que tuve en ese hogar.

Enérgeia

4 ¡VIVE LA VIDA, PRINCESA!

La clase acababa de finalizar y el corazón le iba a mil por hora. Amy miró la agenda y dio un ligero soplo de alegría e impaciencia, faltaban tan solo tres semanas para que terminara el curso, y después…

Más tarde tenía, no solo todo el verano, si no, ¡toda la vida por delante! Realmente se dio cuenta de qué estaba a punto de hacer realidad su gran sueño de ser libre.

Tras dejar atrás por lo menos diez años, o algunos más de sacrificio, una etapa de su vida en la que se podría decir que tan solo la cuarta parte de las cosas que vivió, es decir, lo que recordaría siempre, son realmente bonitas, perfectas para el recuerdo, cuando no le quede otra cosa que hacer.

En lo referente al resto, se podría calificar como no muy brillante. Sin embargo, gracias a algo que aún no se atrevía a definir, se dio cuenta de que podía olvidar esas cosas.

No podía hablar de su primer día de clase del primer curso, es decir, del primero de los primeros y el primero de todos. De cualquier modo, esto no duraría mucho, aunque tenía que pasar mucho tiempo hasta darse cuenta de que había vivido toda la vida inmersa en una burbuja, sumergida en un mundo que no tenía nada que ver con el suyo, sin darse cuenta de lo que realmente ocurría a su alrededor.

No recordaba exactamente por qué, ni cuándo, tan solo sabía que de pronto las cosas empezaron a ir francamente mal, pero lo que no imaginaba, es que todavía podían ir peor.

Pasó varios años sin sufrir, eran los más felices de su vida. Llegaba del colegio después de hartarse de pintar y hacer arena fina en el patio con su mejor amiga, cogía la merienda y salían a la calle a jugar.

Finalmente, volvían a la hora de cenar a casa, pero Amy, tenía una doble vida sin saberlo. Llegaba a casa y hasta que no le ponían el plato en la mesa, se divertía haciendo de las suyas, pero tenía una pasión especial, por un determinado juego, se pasaba horas y horas sin parar, imaginando historias magníficas. ¡Le encantaba ese juego!

Más tarde se dio cuenta de que había conseguido realizar un largometraje tan solo con la mente, y tenía tan solo siete u ocho años, cuando escribió la primera página en su diario. Por aquel entonces ya tenía sus primeros problemas, aunque todavía no se daba cuenta.

Él le enseñó lo que le faltaba saber, le enseñó a luchar, a enfrentarse a sus problemas. Pero ella pensaba que era un juego. Hasta que, entre los doce y los trece años, la burbuja se rompió. Y empezó a ver el mundo con sus propios ojos. A partir de aquel momento, descubrió que había algo dentro de ella, aunque todavía no sabía lo que era.

En apenas tres años, pudo sentir en toda su piel, los escalofríos que produce tal ambiente de marginación y de odio en el que vivía. Sin embargo, gracias a su esfuerzo, consiguió sobrevivir a esta situación, aunque quedando afectada de ese ambiente putrefacto, pues fue allí donde aprendió a odiar.

Aun así, sabía de antemano que todavía quedaban esperanzas de suprimir ese malévolo sentimiento, que le corrompía el alma y le oprimía el corazón. Pues, mucho antes, en algún lugar, alguien le enseñó a amar. Justo después de salir de aquel infierno, cuyos detalles prefería no recordar, por primera vez en toda su vida, después de tanto tiempo oyendo hablar de él, encontró el amor verdadero.

Después de aquellos años, de aquellos días confusos e inocentes, empezó a vivir. Cuando pasaron las tres semanas del último curso de Secundaria, percibió que ya nada volvería a ser como antes, igual que en los viejos tiempos.

Algo le decía que iría a la deriva en busca de nuevas aventuras, de nuevas sensaciones y emociones. Comprendió, que había llegado el momento de abrir todos sus sentidos y echar a volar. Y tuvo la oportunidad de despedirse perfectamente, aunque con un toque de melancolía, de unos amigos muy especiales; les confesó que para ella eran mucho más que amigos y que si algún día se volvían a ver, siempre tendrían las puertas abiertas, en algún lugar del mundo. Y finalmente, la puerta se cerró. Dejando atrás el pasado, para abrazar un nuevo presente, que la llevaría volando hacia el futuro.

Seguidamente, tras cerrarse la puerta, tuvo una extraña sensación que se extendía por todo su cuerpo, pasando desde lo más profundo de su interior, hasta la última célula de su piel. Y se sobrecogió al saber... Que tanto ella como su mundo, habían cambiado.

Ya no era la niña romántica e inocente que todo lo

idealizaba, y después de todo el sacrificio que le costó poner tanto su habitación, como todas las cosas y aspectos de su vida en orden, en su perfecto equilibrio, tan pronto como lo descubrió, se dio cuenta de que ya no tenía nada que hacer allí. Tan solo le quedaba luchar, no mirar hacia atrás. Solamente le quedaba una cosa, un recuerdo, quizá, que llevarse con ella. Una triste canción que sonaba en su corazón, en lo más hondo, una canción de esperanza.

Inesperadamente, sonó el teléfono, que, una vez más, destruyó la magia que allí se había creado. Afortunadamente, no era para ella, pero le ayudó a salir de ese mundo sumergido, y concentrarse en el estudio.

Unas cuantas semanas más tarde, le hicieron entrega de sus últimas notas allí y junto con ellas el graduado. Se sentía tan decepcionada, tan abatida, tan cansada de jugar a imaginar; que su vida dejó radicalmente de tener emoción, cada día que pasaba lo veía tan normal, tan superficial, y sobre todo, tan aburrido, que aquel verano que pretendía ser el mejor verano de toda su vida, terminó siendo uno más del montón.

Al año siguiente empezó haciendo bachillerato en un centro más liberal, algo que iba mucho más con su estilo. Realmente, empezó con muy buen pie, las cosas a partir de ese momento le empezaron a ir mucho mejor. Para ser el primer año allí se integró muy bien entre la gente y su vida recuperó algo de emoción.

Había tanta gente de todas partes, y lo mejor de todo, era gente tan normal… En cambio, podía percibir tantas historias, todas ellas distintas, eran tan simples, y… sin embargo, si buscabas bien, descubrías que cada una tenía su encanto; gracias a eso consiguió olvidar todo el dolor del pasado.

Enérgeia

Pero no toda la energía era positiva. Podías encontrar desde personas maravillosas, hasta los más perdidos que Amy había visto en toda su vida. Desgraciadamente, no pasó desapercibida para ellos.

Cierto día, empezó a recibir llamadas y mensajes sospechosos en el móvil, pero no quiso compartirlo con nadie. Suponía que por precaución, aunque le aterraba un poco, no dejó de tenerla intrigada durante bastante tiempo, hasta que, al fin, descubrió quién se ocultaba detrás de todo esto.

Dos días antes de las vacaciones de Pascua, en el patio, un chico se le acercó. La verdad es que no le causó demasiada buena impresión y tampoco a sus amigas, a juzgar por la cara que pusieron.

Llevaba unos vaqueros rotos y algo sucios, y unas botas de cuero negras, algo desgastadas, arriba tenía puesta una camiseta de manga corta, negra y ajustada, en la que se le marcaban unos pectorales impresionantes. Encima llevaba una chupa de cuero, también con algunos arañazos, tenía el pelo a capa, era castaño y llevaba un cigarrillo en la boca.

Se acercó a Amy y le pidió que le acompañara. Ella miró a sus amigas y les dijo que la disculparan un momento. Una vez que estuvieron a una distancia prudencial, el joven le dio un sobre blanco cerrado y le dijo que leyera la nota del interior cuando estuviera sola, y que no le contara nada a nadie. Después de aquello, le deseó suerte y se fue.

Cuando la joven volvió a reunirse con sus amigas la envolvieron en preguntas, pero ella solo contestó que le había pedido salir. Aquel día estaba impaciente por llegar a casa y les dijo a sus amigas que ya las llamaría, que tenía prisa.

Al llegar a casa entró directamente en su cuarto, soltó

la mochila y abrió el sobre. En su interior había una nota que decía:

"Sabemos quién eres y dónde vives, y también sabemos que tú puedes ayudarnos; pero no intentes hacer ninguna tontería, ni llamar a la policía. Te esperamos."

Calle Las Aves, número 38 (bajo).

Cuando acabó de leer la nota, sintió escalofríos por todo su cuerpo que la paralizaron de inmediato. La carta cayó al suelo, y seguidamente se oyó la voz de su madre llamándola para comer.

Esa misma tarde, sin decir nada a nadie, se fue para allá. Llegó allí sobre las seis de la tarde. Era un callejón sin salida, pero había algunas casas viejas. Y entre ellas, la puerta número 38. La soledad que allí se respiraba era tal, que le recordaba su triste pasado; así que se limitó a entrar sin pensar más.

Primero subió por unas escaleras que parecían estar a punto de derrumbarse, pero su sorpresa llegó cuando vio que aquel bajo, solo tenía una puerta vieja de madera. Aquello le daba escalofríos, pero no podía echarse atrás, por lo que se acercó a la puerta y llamó al timbre. De pronto le abrió un joven, era el mismo que le había dado la carta en el Instituto. La miró a los ojos como si supiera lo que estaba pensando y la invitó a pasar.

Pero, ¡¿qué estaba pasando?! Al entrar había ante Amy un montón de gente bailando, como en una fiesta. Se quedó pasmada ante aquella situación, pero enseguida, oyó una voz pidiéndole que la acompañara, así que se limitó a seguirlo sin hacer preguntas hasta la puerta blanca del fondo de la habitación. El joven llamó a la puerta y se oyó una voz desde dentro que les invitó a pasar.

Dentro había un señor mayor, de unos cincuenta y tantos años. De repente, la puerta se cerró detrás de Amy, y seguidamente, se oyó como cerraban con llave desde fuera; entonces comprendió que estaba metida en un buen lío.

En un momento, se vio atrapada en una habitación con ese hombre encima de ella, susurrándole al oído que era suya, mientras sentía como la acariciaba y le quitaba lentamente la ropa. Pero de pronto, se oyó un golpe fuerte de cristales rotos, eran los de la ventana, que salieron despedidos por toda la habitación.

Seguidamente, alguien tiró fuertemente de aquel señor, quitándoselo de encima y Amy se acurrucó contra la pared, recogiéndose las ropas rasgadas. Mientras tanto, el joven seguía apaleando a aquel individuo, que a pesar de resistirse, enseguida cayó abatido por los golpes y los cortes de los cristales rotos que había repartidos por todo el suelo.

El muchacho alzó la vista y vio a Amy temblando, acurrucada en aquella pared, tan frágil... tan asustada. Se acercó a ella despacio, y la cogió entre sus brazos, susurrándole suavemente al oído palabras de consuelo.

La ayudó a levantarse y la sentó en la cama, sentándose a su lado y se lo explicó todo. Cuando salió del estado de shock se dio cuenta de que era él, ¡Eric había vuelto!, algo que pensaba que ya no volvería a suceder.

Estaban atrapados bajo el poder de uno de los magos corruptos que destruyó su mundo, el mal había vuelto a despertar, tenían que salir de allí cuanto antes.

Después de oír aquello se quedó en silencio, como hipnotizada, mientras Eric le prestaba su cazadora y se la cerraba. Inmediatamente, volvió a sentarse a su lado,

Enérgeia

secándole las lágrimas, y mirándole a los ojos, le dijo que la quería desde el primer momento en que la vio. Y se fundieron en un intenso abrazo, guiados por el instinto.

Al terminar de arreglarse, Eric le dijo a Amy que tenía un plan. También sacó de una caja varias armas, de las que le dio a Amy la mitad y le enseñó a usarlas. En ese momento sonó una alarma, era un aviso para empezar, y los dos jóvenes salieron de inmediato. De pronto Amy se vio allí de pie, esperando órdenes de un extraño, como un robot, sin saber qué iba a ser de su destino, ni de sus sueños. Y el corazón le dio un vuelco. Podía sentir como los pelos de sus brazos se iban erizando hasta perder el control.

Pero Eric la cogió de la mano, susurrándole discretamente al oído.

—Tranquila, princesa, todo saldrá bien.

Al terminar de recibir órdenes, se fueron hasta la puerta, pero uno de los vigilantes les detuvo. ¡Ahí empezaba el plan! Eric no dudó en atacarle, pero entonces se vieron rodeados de un montón de vigilantes, se miraron a los ojos, asintiendo convencidos con la cabeza, y de pronto, como por arte de magia, Amy se vio luchando sin temor alguno, como un auténtico Guerrero, pues en el fondo, ella sabía que tenía corazón de Ángel y espíritu de Guerrero. Tras una larga insistencia y el dolor que producían sus leves heridas, al fin los derrotaron.

Pero aún les quedaba algo que hacer. Amy sintió de pronto un cambio radical en su interior, era como si esa sensación de ira se apoderara de pronto de todo su cuerpo, de su alma y de su voz. Se quedó allí un instante, con la mirada perdida en el vacío y con una única idea en su mente. ¡Recuperar su honor!

Eric, al verla en ese estado, quiso imaginarse cómo se sentía, y le puso su mano en el hombro, pero ella no reaccionó. Estaba como perdida en el dolor de su recuerdo, cuando pudo sentir que una mano le acariciaba lentamente el cabello, los hombros, los brazos y la cintura, se dejó llevar por el instinto, una vez más junto a él. Sus miradas, enamoradas, se cruzaron, mientras notaban como sus cuerpos se atraían entre sí. Se juntaban cada vez más, y sus ojos se miraban, como si quisieran besarse. Sus frentes se juntaron, suavemente, deslizándose luego hasta los labios, que sedientos de pasión, se acariciaban, hasta hacerles estar fusionados en un beso de amor, mientras que sus ojos se cerraban, queriendo sentir intensamente, lo que nunca habían sentido, hasta el límite de la pasión, más allá de las fronteras del corazón, como si fueran uno.

De súbito, una voz les interrumpió y se giraron, al ver aquel hombre con una pistola apuntando a Eric, se quedaron allí, inmóviles durante un segundo, cuando él sacó una pistola y le dijo a Amy que era la única persona que le había dado fuerzas y amor suficientes para seguir adelante en la vida, y le pidió que fuera feliz, y que disfrutara al máximo de la vida, como le hubiera gustado a él. En ese instante, Amy sintió que el corazón le latía más fuerte que nunca, y gritando, dio un salto sobre Eric, tirándolo al suelo, mientras que, en esa décima de segundo, se oyó un disparo, y ella sentía como algo le atravesaba el pecho, y finalmente, cayó sobre Eric, que estaba tumbado en el suelo, estupefacto.

Por último, se oyó un ruido de sirenas, y ella pronto se vio arropada por un montón de médicos y Eric a su lado. Mientras, la policía se llevaba esposado a aquel señor que, al pasar por su lado, la joven, haciendo un esfuerzo sobrenatural, se inclinó y le escupió en la cara, como muestra de su odio. Entonces su ira desapareció, a pesar del dolor de su herida, pues había recuperado su honor, y había salvado la vida de la persona que más quería en el mundo.

Enérgeia

Tras dos meses en el hospital, la joven salió de allí sana y salva, y a pesar del tiempo perdido, se graduó dos años después en bachiller, estudió psicología y ya estaba a punto de empezar su carrera profesional. Pero pasaba el tiempo, y sus esperanzas de volverlo a ver, menguaban cada día... viendo llover.

5 OSCURO BRILLO

Eran las nueve de la mañana, el sol resplandecía intentando colarse entre las rendijas de la persiana. Una mañana de domingo, que invitaba a pasar un estupendo día bajo la cálida luz del sol. Pero Amy no tenía ganas de levantarse de la cama. Como antaño, se sentía frágil, perdida y sola.

Hacía tanto tiempo que no sabía nada de él, que empezaba a perder la esperanza de que regresara. Se había dejado tanto desde que Eric se marchó, que empezaba a afectar a su salud, llevaba semanas sin comer, así que, obligada por el hambre, se levantó, pero apenas había en la nevera un cartón de leche caducada, ni siquiera quedaban vasos limpios. Así que, se dio media vuelta en un intento de llegar hasta el sofá, y cayó desplomada, como un pajarillo moribundo. Y allí se quedó.

Media hora después, alguien abrió la puerta, y se la encontró allí, tendida en el suelo. Eric soltó su ligero equipaje, y se lanzó a socorrerla de inmediato, pero la joven no respondía. Le tomó el pulso, aún seguía viva, pero debía apresurarse. La cogió en sus brazos, la metió en el asiento de atrás del coche y aceleró hasta el hospital más cercano. Lo primero que Amy vio al despertar fue su rostro, con un gesto de esperanza, con aquellos ojos claros, y su pelo castaño, cayéndole en cascada sobre la frente, pero… tenía una extraña cicatriz que le atravesaba la mejilla. Su primera reacción fue echarse a llorar, pero sentía demasiada curiosidad por saber como había regresado, once meses más tarde y con una cicatriz que le atravesaba la cara. Dejó escapar una lágrima e intentó incorporarse, pero seguía demasiado débil. Eric, que vio su intención, la ayudó a incorporarse. ¡Quería hacerle tantas preguntas!, pero el oxígeno se lo impedía, así que se limitó a cerrar los ojos un instante, mientras sentía como le acariciaba el pelo y le cogía la mano con esa fuerza, sabía que estaba demasiado cansada, pero no importaba, él volvía a estar a su lado, susurrándole al oído con esa voz, que no consiguió olvidar, entre tanta oscuridad.

Esta vez se quedó con ella en el hospital. Sabía perfectamente que si volvía a desaparecer, jamás se lo perdonaría. ¡Esta vez no! Ya había arriesgado demasiado; no estaba dispuesto a perderla para siempre.

Había intentado posponerlo lo máximo posible. No estaba preparado para que Amy supiera toda la verdad. No sabía, como se lo podría tomar…

Pero… de alguna manera… Siempre supo que, tarde o temprano, se lo tendría que contar todo. Ese era el precio que tenía que pagar si no quería perderla. No lo soportaría. El simple hecho de pensar que Amy pudiera sufrir algún daño, le producía escalofríos. Eso … Y la idea de no volver a ver nunca más esos ojos verdes, y ese frondoso y sedoso pelo negro, con esas ondas… que parecían olas en el mar. Y su rostro pálido y liviano, y su esbelto y pequeño cuerpo, con sus andares etéreos, que más que andar, pareciera que le hacían flotar en el aire.

¡No! Definitivamente, no podía vivir sin verla. Cada vez sentía que le costaba más separarse de ella. Pero sería complicado explicarle, que todo lo que hizo, desde el momento en que la conoció, fue únicamente para protegerla. Como quien encuentra un tesoro, cuya grandeza, es demasiado valiosa como para poder vivir sin ella. O como para vivir sin sentirse muerto en vida.

Sabía perfectamente que podría apañárselas solo, pero sin ella, nada sería igual. Sería una vida vacía.

Permanecía de pie, mirando por la ventana, Amy seguía dormida. Había sido capaz de arriesgar su vida por él. Todavía se sentía culpable por dejarla sola aquella última vez.

Cuando la encontró tirada en el suelo, en ese estado, en aquel pequeño pisito en Barcelona, se le partió el alma, pero no podía arriesgarse a llevarla con él. Ella no querría permanecer en Irlanda con Lady Patricia y con Ithan. No en su ausencia.

De pronto oyó su voz.

— Hola, sigues aquí.

Amy había despertado. Tenía mejor color de cara. Parecía que el suero había funcionado. Podía verse otra vez la luz de su hermoso rostro, y sus mejillas sonrosadas. No pudo evitar sonreír de felicidad al volver a ver esos maravillosos ojos verdes, mirándole, con una mezcla de cansancio y alegría. Tal vez agradecida, por ver que esta vez, no se había marchado.

El joven se apresuró a acercarse, sentándose a su lado. No sin antes darle un dulce beso en la frente.

—Sí, sigo aquí. Esta vez, no te voy a dejar sola en este

lugar.

—Eric, no te vayas. Déjame ir contigo, a donde quiera que vayas, cuando desapareces sin decir nada.

No pudo evitar sentir el dolor de cien puñales en el fondo de su alma, al advertir el tono de ansiedad en su voz.

—Amy... Ya lo hablaremos, ¿vale? Ahora tienes que descansar.

La joven estaba a punto de protestar, cuando entró una enfermera. Al verla despierta llamó al doctor, que no tardó en darle el alta al ver su mejoría.

Al fin llegaron al pequeño piso de Barcelona, tenía un pequeño balcón desde el que se podían ver las calles llenas de tráfico, y gente corriendo de un lado al otro de la ciudad. Amy se sintió un poco avergonzada, al ver el estado en el que estaba. Pero Eric no dijo nada. Cerró la puerta de entrada y se limitó a dejar su mochila en el sofá.

Se podía notar la tensión en el ambiente. Y ese silencio cortante, que alertaba constantemente de la conversación, que habían dejado pendiente en el hospital.

Amy, al ver que dejó su equipaje encima del sofá, preguntó.

—¿No te vas a quedar?

—Amy...

—¿Qué?, ¿Vas a desaparecer otra vez, como siempre?

—Amy... Por favor...

Enérgeia

—Por favor, ¿qué?, ¿Vamos a estar así siempre?

El joven, abatido, se sentó en el sofá.

—Mira Amy, sabes de sobra que te quiero, ¡más que a nada en el mundo! Pero me quedaré solo para asegurarme de que estás bien. Luego tengo que marcharme.

—¿En serio?

Eric no contestó. Desvió la mirada. No quería perderla, pero cada vez la sentía más lejos. Amy, indignada, se dio media vuelta y se encerró en su habitación, dando un portazo que resonó en toda la casa. Como el imponente trueno que precede a la tormenta.

Eric se limitó a limpiar y ordenar toda la casa. Sabía perfectamente que más adelante tendrían que seguir con la conversación, pero ahora no era el momento, Amy estaba muy cabreada.

Al anochecer preparó algo de cenar, pero Amy no salió de su habitación en toda la tarde. Estaba preocupado. De vez en cuando, se la oía sollozar al otro lado de la puerta; pero llevaba un buen rato sin oír nada.

Se acercó despacio y tocó a la puerta. Pero no obtuvo respuesta. Abrió despacio, y la vio allí, tumbada en la cama, dormida, con los párpados algo hinchados, de tanto llorar. Se acercó silenciosamente para no despertarla y se sentó a su lado, en el borde de la cama.

Se quedó allí, quieto, observándola un momento. Observando su liviano rostro, dormido, aumentaba su belleza. Como una muñeca de porcelana, que, de un momento a otro… Se fuera a romper. Pero a la vez no pudo evitar imaginar la tormenta que desataba cada vez que entraba en cólera. Como si toda su fragilidad, diera lugar de repente a una fuerza incontrolada y salvaje de la naturaleza.

Sintió la tentación de acercar su mano para apartarle unos mechones de pelo de la cara, pero de pronto, se despertó.

—Hola.

Amy no contestó.

—He hecho algo de cenar.

—No tengo hambre.

—Es un poco de sopa, como la de Lady Patricia. Todavía sigue caliente.

Pero la joven seguía castigándole con su silencio.

—Está bien, estaré en la cocina, te dejaré la puerta entreabierta por si se te abre el apetito.

Guardó un poco de sopa en la olla, para volver a calentarla, por si Amy se levantaba. Se sirvió varios platos, tenía un hambre canina.

Al rato, ya terminando de cenar, la oyó salir de su cuarto. La joven entró en la cocina y se sentó en una silla a su lado. Sin mirarlo... Sin decir nada...

De pronto, preguntó.

—¿Por qué no quieres que te acompañe?, ¿Qué me estás ocultando?

—Amy...

—Te lo preguntaré de otra manera, ¿Por qué llevas toda la vida apareciendo y desapareciendo a tu antojo, sin darme la más mínima explicación de qué haces en tus viajes?, ¿Por qué apareces de repente con una cicatriz en la cara y te limitas a decirme que no es nada?, ¿Por qué no me dejas viajar contigo?

El tono de su voz, que empezó suave y lento, como un suspiro, fue subiendo de volumen gradualmente, hasta convertirlo en una exhalación.

Eric podía sentir la tensión que se respiraba en el aire. Sabía que la tormenta, estaba empezando a desatarse.

— Está bien, te lo contaré todo. ¿Recuerdas aquella vez, en el banco… cuando nos conocimos por primera vez?

— Sí.

— Y la vez que otras dos chicas y tú, tuvisteis que luchar contra Víctor.

— Sí, lo recuerdo.

— En esa ocasión, yo no pude estar allí contigo, pero pude sentir tu presencia, a kilómetros de distancia. Esa fue la primera vez que pude ver todo tu potencial, toda tu fuerza. Pero todavía no estabas preparada para controlarla. Y la energía, mal controlada, puede ser muy peligrosa. Lady Patricia lo sabía, por eso no consintió que te contáramos la verdad. Y la verdad es que los magos corruptos de las puertas del cielo, habían vuelto. Permanecían ocultos en algún rincón de la Tierra. Yo estuve años, desde niño, entrenando esa energía con Ithan, así que, no tenía otra opción. Era el elegido.

—¿El elegido?, ¿Para qué?

—Para enfrentarme a ellos.

Amy no dio crédito a sus palabras. De pronto, notó como su rostro, volvió a palidecer.

—Naturalmente, Ithan y Lady Patricia, velaban por mi seguridad; pero no podíamos permitir que tú corrieras la misma suerte.

—¿La misma suerte? Pero Eric, hubiera podido aprender a controlar mi energía. Podríamos haber luchado juntos.

—No, Amy. ¡Tú tienes que vivir! Para eso vinimos aquí, para tener una vida, que no hubiésemos podido tener en nuestro planeta.

—¿Una vida?, ¡¿Pero es que no entiendes nada?! ¡Una vida!, ¡una vida, que no es vida sin ti! ¡Una vida vacía, carente de valor!

—Pero Amy, por favor... Entiéndeme. ¿No ves que si te llegara a pasar algo, no sabría qué hacer? ¡No podría vivir sin ti! ¡Te quiero demasiado!

Y al decir esto no pudo evitar derramar unas lágrimas por sus mejillas.

—¿Qué me quieres?, ¿Así es cómo me quieres? ¡Escúchame bien, Eric! ¡Porque no te lo voy a volver a repetir! ¡Tú dices que me quieres, pero desapareces de mi vida! ¡Y te excusas diciéndome que es para protegerme! ¡Pero yo no soy ninguna niñita frágil y delicada! ¡Date cuenta de la mujer que soy!

—Amy... Yo...

—¡Tú, nada! ¡Si no eres capaz de verme como la mujer fuerte y autosuficiente que soy!, ¡Si no eres capaz de confiar, ni un poquito en mis capacidades, es que no me quieres!, ¡No quiero ese tipo de amor!

—Pero Amy... ¡Entiéndeme! ¡Esos seres son muy peligrosos!

—¡Pues luchemos, juntos, Eric! ¡Juntooos! ¡Pero no me pidas que viva una vida sin ti!

El tono de la conversación se había elevado tanto, que Amy había empezado a gritar, tanto..., que empezaba a sentirse fatigada. Sentía que le faltaba el aire, y tuvo que volver a sentarse.

Eric, que todavía seguía sin controlar su llanto, al verla así, se sentó frente a ella, sujetándola de los hombros y apoyando su frente en la de Amy.

—Shssss, respiraaa.... Respira... Ya estaa...

El contacto con su piel, y su rostro tan cerca. El suave murmullo de su voz. Hicieron que Amy se relajara, y recuperara el aliento nuevamente.

Entonces, él respiró profundamente, secándose las lágrimas. Y mirándola a los ojos, le dijo.

—Está bien. Compraremos una casita en el campo, en Irlanda, necesitamos estar cerca de Ithan y Lady Patricia, por si el mal vuelve. Ellos son nuestros protectores, nuestros guías, nuestros mentores. Pero tienes que prometerme una cosa.

—Sí.

—Prométeme, que antes de vivir juntos allí, terminarás los estudios y te dedicarás a vivir, a llevar una vida normal. Como cualquier habitante de la Tierra.

—¿Y la casita de Irlanda?

—Podrás venir a verme cuando quieras. Es más, yo también vendré a verte a ti. No puedo soportar la idea de no verte más. De perderme el sabor de tus labios.

Y sin terminar de decir la palabra "labios" la besó.

6 EL PUB DE LOS RECUERDOS

Hasta aquel día nada le salía bien, se limitaba a soñar, refugiándose, escondiéndose de los problemas, pero aquel sábado se levantó con un buen presentimiento que, como por arte de magia, no la engañó. Se trataba de algo trascendental, algo que cambiaría su vida.

Aunque, como todos bien saben, y no por saberlo, se quedan ebrios de disfrutarlo, todo lo trascendental, necesita tiempo y paciencia, algo que debido a su impaciencia y sus ganas de vivir deprisa, significaba la causa de su desesperanza.

Cada vez que lo pensaba, se diluía en un mar de lágrimas. Necesitaba sacar su fuerza, su rabia y su impotencia al ver, que apenas había empezado a andar en el camino de la sociedad, y sentía que sus alas eran frágiles aún, para precipitarse. De modo que, confundida por la presión de tener que elegir, creyó que no tuvo más remedio que esperar, sumergida en la burbuja del tiempo. Tiempo que pasa lento, impasible.

Si el tiempo fuera y pensara, Amy se preguntaba si pensaría en las personas, en las historias. En la vida de todos y cada uno de los habitantes de este mundo.

Claro que, fuera lo que fuera, no tenía tiempo de reflexionar sobre ello. ¡El tiempo apremiaba! Tenía tantas cosas que hacer antes de que llegara la noche... Aunque no había nada especial aquella noche. Sencillamente, había quedado, como cada sábado, con sus amigas, para ir a aquel pub. El mismo de siempre, con la misma gente. En parte, eso era algo que aborrecía, porque siempre le llamó la atención eso de entrar en otros sitios en una noche, y comparar. Algo en lo que ninguna de sus amigas estaba de acuerdo.

Ella se sentía como desplazada, cada vez que lo insinuaba, y las demás le respondían que el pub de dos calles más allá, les parecía raro e indecente.

Como si un pub donde la mayoría de la gente que había allí se pega por subirse al podium, fuera decente. Realmente, le parecía increíble que cupiera tanta gente en un espacio tan reducido. Si apenas se podía bailar con soltura. Incluso se llegó a preguntar más de una vez, si algún día, alguien se caería de allí arriba, por el sobreaforo.

Por otra parte, si había algo que la retenía allí, independientemente de todo lo demás, era el camarero. Tan alto, tan fuerte... y cómo se movía. Parecía que hubiera ensayado perfectamente la coreografía al ritmo de la música, entre Martinis y chupitos de todas clases y colores. Además, a ella le parecía tan natural... Cuando se le salía la bebida del vaso hacía gestos y muecas simpáticas con la cara.

En resumen, era el prototipo de novio que a cualquier jovencita le hubiese gustado tener. Naturalmente, su supuesto príncipe azul tenía novia. Así que, cuando se enteró, como desgraciadamente tuvo varios desengaños en los últimos años, se limitó a olvidarlo. Pues no era gran cosa para su gusto, comparado con su gran amor.

Finalmente, llegó la noche, y como siempre, a partir de las doce, el fin de semana se le pasó en un suspiro. Y eso era algo que le encantaba. Pues, en el Instituto, había hecho muy buena relación con sus compañeros de clase, y naturalmente, eso significaba que al final de curso, tendría un trato especial con unos, y como suele pasar, no tanto con otros. Por eso, al final del curso, se sentía bien. Realmente, los años del instituto se le pasaron volando, porque se sentía a gusto con sus compañeros. Se evadía de los problemas que solía tener en casa.

Así fue como creció. A pesar de las circunstancias, sentía una paz y armonía en su interior, que jamás se hubiera imaginado.

De repente, un día se levantó por la mañana, miro hacia el cielo azul y se dio cuenta. ¡Ya no tenía nada que hacer allí! Era joven, tenía toda la vida por delante, y un montón de sueños por cumplir.

Pero, una parte de ella, se sentía triste, porque sabía que, probablemente, pasaría mucho tiempo antes de volver a ver a sus compañeros, pero al mismo tiempo, tuvo el presentimiento de estar volando hacia nuevos mundos.

De pronto, se abrió la puerta, y tras ella apareció su madre, como cada mañana, ese día no tenía nada que hacer y aquel año, consiguió ahorrar más dinero que el anterior, así que se apresuró a vestirse y desayunar, y fue directamente a la agencia de viajes. Necesitaba desconectar.

Después de todo el embrollo de la Selectividad, no pensaba quedarse en su casa trabajando, ya tuvo suficiente aquel año. Al llegar observó que ya había allí un montón de gente haciendo cola, así que se sentó en una silla y se limitó a esperar. A su izquierda había sentada una mujer de unos cuarenta y tantos y a su derecha un joven que no tendría más de veinte años, la cuestión era que le recordaba en algo a su gran amor. Tenía los brazos fuertes y el resto del cuerpo también parecía estar en perfecta armonía con sus brazos, pero no lograba verle la cara, ya que tenía una cascada de pelo que se la tapaba completamente. A Amy le divertí aquella situación, se moría de ganas por apartarle el pelo de la cara y mirarle fijamente a los ojos, pero había demasiada gente y no tuvo más remedio que resignarse a imaginar, mientras esperaba su turno.

En una semana, se vio montada en un avión en dirección a Irlanda, el país de sus sueños. Allí se quedaría dos meses y medio, el tiempo suficiente como para ver cosas emocionantes y volver a España para encontrar una buena Universidad, pero también tuvo tiempo de reencontrarse con Eric, cuando menos lo esperaba.

No podían soportar la idea de tener que separarse otra vez. Por lo que él, le regaló una de sus Harley -Davidson para que la separación resultará más fácil. Pero ella no tenía nada que regalarle, así que, se quitó su colgante y se lo dio.

Aquel verano en esa casita de la montaña, fue el mejor de su vida. Finalmente, volvió y encontró sitio en una de las mejores facultades de Psicología.

Así pasaron cinco años, lejos de los problemas. En los que recorrió prácticamente todo el mundo. En verano viajaba a Irlanda para estar junto a él, pues afortunadamente era un lujo que podía permitirse. Le iba bien económicamente, encontró trabajo en todas partes, sus obras sociales eran cada vez más famosas, se sentía bien, porque había ayudado a muchos niños con problemas.

Realmente consiguió todo lo que esperaba de la vida, pero pronto su suerte cambió.

Tenía veintitrés años, y aquel año no se presentaba con buenas perspectivas respecto al trabajo. Pero algo la obligó a regresar a su ciudad natal. Una tarde, la llamaron, era su madre anunciándole la muerte de un familiar.

Era domingo, aquella misma noche, hizo el equipaje para partir por la mañana, tenía la sensación de que todo había sido un sueño. En el tren se sentó en el lado de la ventana, por donde se pasó el viaje, mirando el paisaje, con la mirada perdida en los majestuosos campos que iba dejando atrás, que de alguna manera, le recordaban a él. Lo que no sabía es que no lo volvería a ver en dos largos años, que le parecieron dos largas vidas, después de un breve, pero maravilloso sueño, para despertarse nuevamente en su habitación. En la misma pesadilla, la misma soledad, entre tantos recuerdos que parecían dormidos, y de pronto, volvieron a despertar, entre las duras horas de trabajo y esfuerzo por recuperar algo que acababa de perder. De vez en cuando, volvía a sentirse como si fuera una niña, y continuamente tenía la sensación de que todo volvía a empezar, de que todo volvía a sus orígenes, pero aquel paisaje había cambiado tanto, que se sentía perdida y confusa.

Pasó la semana encerrada en casa, del trabajo a su habitación, y de su habitación al trabajo. Allí se consolaba viendo una y otra vez los recuerdos, todo lo que había sido, lo que había construido, tan solo con celo, bolis, revistas y cosas que añoraba; como si fueran sueños de papel. Eso, en parte, le inspiraba cierta paz, era como si después de vivir, hubiera muerto y se encontrará nuevamente consigo misma, en el paraíso, eso que muchos llaman "Edén".

Pero ahora necesitaba llegar más allá. El sábado por la mañana se arregló para salir y fue a hacer algunas compras, ahora que había recuperado la paz, sentía que tenía que recuperar también las fuerzas que antaño consiguieron hacerle feliz.

Por la tarde cogió el coche y se fue a dar una vuelta por la ciudad, necesitaba ver todos los lugares que alguna vez significaron algo para ella, pero le resultaba tan triste ver cuánto habían cambiado, allí ya no quedaba más que la esencia del recuerdo.

Al anochecer volvió a casa, se quedó un rato viendo la televisión después de cenar, y luego salió al patio.

Se quedó un momento parada, de pie, en el centro. Estaba como ausente, mirando a su alrededor. Luego se tumbó en la hamaca y que se quedó dormida, mirando las estrellas.

De pronto una suave brisa la despertó. Podía oírla cantar entre las plantas, una dulce canción, y se levantó. El pelo y la ropa le bailaban al son del viento. Súbitamente, vio pasar por el cielo una estrella fugaz. Cerró los ojos respirando hondo, y no pudo evitar que una lágrima le recorriera el bello rostro, que ahora parecía tan liviano. Era evidente que también ella estaba cambiando.

En un instante, la brisa paró, se secó las lágrimas con la mano, miró nuevamente hacia el cielo, y se fue en silencio, cerrando la puerta tras ella.

Después de aquello, algo le impedía dormir. Se peinó, se pintó la cara, y se quedó un instante mirando su reflejo en el espejo. El maquillaje no había conseguido disfrazar su semblante triste y melancólico, ¡no soportaba tanta soledad!

Eran las tres de la madrugada, pero todavía era de noche. Todos dormían en su casa, cogió dinero y las llaves del coche, y se fue dejando una nota a su madre, para que no se preocupara.

Al llegar al centro de la ciudad no tardó nada en encontrar aparcamiento, algo raro por allí. Por la calle no había nadie, ya que aquella era una hora especial. Esa noche conseguiría lo que no consiguió en el pasado, giró por el callejón, y allí estaba la puerta, llena de gente saliendo y entrando continuamente, lo llamaban "el pub de los recuerdos."

Al llegar abrió la puerta y entró. Allí estaba el portero que la saludó, Amy se preguntaba si se acordaría de ella, pero era tan difícil, con tanta gente...

Seguidamente, abrió la segunda puerta, y allí estaba todo aquello, tal y como era en sus tiempos. Parecía que aquel lugar fuera el único sitio que no cambió, después de todo, como si allí dentro el tiempo se detuviera.

Se adentró entre la multitud y allí estaba el camarero, como siempre. Se acercó a la barra y le pidió algo de beber. De improviso, alguien se acercó a su lado y la casualidad la volvió a reunir con un buen compañero del instituto. Ella pensaba que no la recordaría, pero se quedó atónita cuando giró la cara y la saludó y como si hubiera tenido una función mágica, algo inundó de alegría el rostro de Amy. Cuando le sonrío y seguidamente se hundieron en la típica charla que se hace cuando te encuentras con alguien que hace tiempo que no has visto.

Y así pasaron la noche, hablando, bailando y riendo hasta las cinco de la mañana, cuando se fue. Pero Amy se quedó allí, porque se había encontrado con sus amigas, después de tanto tiempo, y a su vez se encontró con algunas compañeras de clase. Pero el pub de los recuerdos, estaba a punto de cerrar. Así que, un sábado más, se fueron a desayunar juntas. Ya estaba amaneciendo y, de pronto, mientras caminaban de regreso a casa, Amy se dio cuenta de que había conseguido volver a sonreír.

Así pasaron esos dos años, que se le hicieron más llevaderos gracias a sus amigas, era toda su vida lo que había conseguido reunir en tan poco tiempo.

Pero ese pub, no había conseguido hacerle olvidar su ausencia. Pues ese fue el lugar donde se encontraron, por primera vez.

Finalmente, decidió volver a partir, sin hacer una cena de despedida, pero esta vez no volvería a Barcelona, más que para coger sus cosas y volver al norte.

Sentía que algo le gritaba en su interior, como un ave libre. Había tanta grandeza en todo aquello... y mientras cogía el primer vuelo hacia Irlanda, se dio cuenta de que, después de todo, merecía la pena volver a empezar.

Al llegar, enseguida pudo disfrutar del aire, acariciando su rostro, en una Harley-Davidson, por una carretera solitaria, con destino a ninguna parte, hacia donde la llevará el corazón. De pronto, como guiada por el instinto, giró hacia la derecha por un camino de tierra, y allí estaba, al fondo, en aquella cima, en aquella montaña... Esa vieja casa donde pasaron tantas cosas entre los dos. Enseguida sintió el impulso de seguir adelante y se paró a pocos metros de la casa, parecía no haber nadie, pero un poco más allá, vio su moto aparcada.

Sin importarle lo que pasara, bajó de la moto y se acercó hasta la puerta, que estaba entreabierta. No dudó en entrar y allí, absorta en sus pensamientos, se hundió en recuerdos al ver que todo seguía igual. Como si el tiempo no hubiera pasado allí.

Al instante, oyó unos pasos tras ella, y una voz conocida, que le paralizó el cuerpo y la mente. Se giró lentamente, y allí estaba él, que tampoco había cambiado.

De improviso, sus miradas se cruzaron en silencio, y por un instante, logró contener la respiración. Pero no pudo controlar el corazón, que latía cada vez más fuerte. Cuando surgió una alegre carcajada entre los dos, y corrieron a fundirse en un abrazo y besos desesperados, con la misma pasión que tenían hace tanto tiempo. Pero no había tiempo para hablar. Entraron en la habitación y se fundieron en un largo ritual de amor y pasión, volviendo a ser uno.

Era maravilloso volver a sentir la luz del sol a través de aquella ventana, porque gracias a aquel encuentro, con esos ojos y ese cuerpo, consiguió volver a sentirse más mujer.

Amaneció y el sol bañaba aquella perfecta escena. Sus cuerpos aún sudaban y él tenía el brazo sobre su pecho, mientras, Amy volvió a sentir su pelo mojado, que le acariciaba la cara. Ante aquella paz, se limitó a acariciarle el pelo y perder su mirada entre aquel divino rostro que, un día, le hizo tan feliz.

Después se despertó, y pudo ver su mirada y su fresca sonrisa, en aquel lecho de ensueño, y se perdieron en el juego de los besos, bajo las sábanas blancas, que hubiera jurado que eran de nieve, de no ser por el agradable calorcillo que sentía en su pecho. A partir de aquel día, Eric y Amy, volvieron a estar juntos y felices para siempre.

¿Qué ocurrió con su pasado y su ciudad?... Bueno, siempre les quedaría aquel lugar, aquel maravilloso, pub de los recuerdos.

FIN.

ACERCA DEL AUTOR

Nací en Castellón un caluroso día de junio de 1985. Desde bien pequeña, siempre me he sentido atraída por el mundo del arte, y en especial, por la literatura. ¡El noble arte de contar historias! Amante de los libros y de las buenas historias, el arte de escribir siempre ha estado presente entre mis aficiones favoritas. Por lo que, entre mis infinitos diarios y diversas actividades artísticas y culturales, entre las que destacan mi pasión por el teatro y la escritura, está este libro que os presento, deseando fervientemente que os guste tanto como yo he amado todo el proceso de su creación.